Hessische Krebsgesellschaft e.V.

Waltraud Scholz
Sandwiesenweg 1
36166 Haunetal

Grete in der Schwalm
Bd. 2: Sommer • Herbst

Meinen Eltern in Dankbarkeit
Brunhilde Miehe

Meinen wundervollen Großmüttern
Herta Friedrich (*1926) und Marianne Heßler (*1921)
in größter Zuneigung, Dankbarkeit,
Hochachtung und Verehrung

INK Sonntag-Ramirez Ponce

Brunhilde Miehe

Grete in der Schwalm

Bd. 2: Sommer • Herbst

Mit Zeichnungen von
INK Sonntag-Ramirez Ponce

Miehe-Medien

*Für wohlwollende Unterstützung danke ich
allen Gewährspersonen
und Frau Agnes Cieslik sehr herzlich!*

Brunhilde Miehe

*Als Grundlage für meine Zeichnungen danke ich für die Möglichkeit zur
Forschung folgenden Archiven und Quellen:*

*Archiv Frauenleben, Gelnhausen
Archiv und Bürger/Innen der Gemeinde Jossgrund
Bundesarchiv
Institut für Stadtgeschichte, Frankfurt am Main, Herrn Tobias Picard
Landesgeschichtliches Informationssystem Hessen (LAGIS)
Veröffentlichungen von Frau Brunhilde Miehe
Zentrum für Regionalgeschichte, Gelnhausen*

INK Sonntag-Ramirez Ponce

*© 2017 Verlag Miehe-Medien
Brunhilde Miehe
36275 Kirchheim-Gershausen
Alle Rechte vorbehalten
Zeichnungen: INK Sonntag-Ramirez Ponce / VG Bild Kunst, Bonn 2017
Lektorat: Annika Dipp
Druck: Glockdruck Bad Hersfeld*

ISBN 978-3-9817692-2-7

Inhaltsverzeichnis

Traria, der Sommer, der ist da	7
Hilde und Anneliese kommen zum Spielen	12
Eine Sonnenwendfeier	14
Sonntagmorgen in Schwalmdorf	17
Grete und Oma kleiden sich an	20
Die Kirschen sind reif	22
Heimatkunde – ein Lieblingsfach von Grete	24
Alle Schüler sammeln Heilkräuter	27
Grete geht mit zum Heidelbeerpflücken	30
Grete soll einkaufen	35
Heute beginnen die Sommerferien	40
In der Schule werden Seidenraupen gezüchtet	42
Vor der Ernte muss nochmals gewaschen werden	44
Grete badet in der Schwalm	47
Das Brot muss wieder gebacken werden	51
Die Ernte beginnt	53
Grete hat einen Heimwehkoller	57
Die Annemarie wurde abgeholt	59
Oma und Grete pflücken Himbeeren	64
Eine Bomberflotte naht heran	66
Weißt du, wieviel Sternlein stehen	72
Grete hat Geburtstag	74
Papa hat Heimaturlaub	78
Pappas Puppe aus Russland	83
Papa hilft bei der Ernte	85
Brief von Mama	88
Grete schreibt an Mama	89
Ein Flieger wirft Flugblätter ab	91
Die Ferien sind um	94
Grete bringt dem Pätter Kuchen	96
Grete rettet einen Käfer	98
Heute wird gedroschen	100
Brief von Ingrid	104
Die Schwalben fliegen nach Süden	105
Grete und Anneliese tauschen die Kleider	108
Das Wintergetreide wird gesät	111

Die Kartoffelernte beginnt	112
Im Kartoffelfeuer werden Kartoffeln gebraten	117
Agnes kommt in die Schule	119
Sauerkraut wird eingemacht	122
Morgen wird das Erntedankfest gefeiert	123
Die Rüben müssen ausgemacht werden	127
Ein Schreck auf dem Plumpsklo	129
Die Äpfel werden abgemacht	131
Das Obst wird gedörrt	133
Mus und Rübensirup werden bereitet	134
... was geschrieben steht	136
Hans war wieder beim Jungvolk	138
Mit der Schule werden Bucheckern gesammelt	140
Der Garten muss gegraben werden	145
Kassel wird bombardiert	147
Hans will mit nach Kassel	153
Hans war in Kassel	155
Neue Schüler aus Kassel	157
Oma erzählt von der Kirmes	160
Oma und Grete machen Schlehen und Hagebutten ab	164
Eine Gans wurde geschlachtet	166
Grete braucht Winterschuhe	169
Oma holt das Spinnrad herbei	175
Grete strickt für Papa	177
Ein Schwein wird geschlachtet	179
Das große Schlachteessen	184
Tiere werden geschlachtet	191
Das Schwein wird verwertet	193
Holz für die Schule	196
Eine frostige Nacht weckt Erinnerungen	199
Brief von Papa	202
Basteln der Weihnachtskette	204
Oma und Grete halten ein Dämmerstündchen	207
Oma und Grete backen Plätzchen	209
Weihnachten rückt näher	211
Grete schreibt ihre Weihnachtsbriefe	213

Traria, der Sommer, der ist da

„Traria – der Sommer, der ist da…!" Dieses Lied singt Grete schon seit Stunden. Morgens in der Schule haben sie es gesungen, und nun geht ihr das Lied nicht mehr aus dem Kopf. Immer wieder trällert sie es laut vor sich hin. Ja, es ist doch auch wirklich schön, dass nun Sommer ist. Dann kann sie barfuß laufen und ihr leichtes Sommerkleidchen anziehen. An einigen Tagen konnte sie so schon in den letzten Wochen herumlaufen. Aber nun wird es längere Zeit warm, vielleicht sogar heiß sein. Und das mag Grete.

Gute Laune steckt an, das hat Oma schon öfter gesagt, wenn Grete mal etwas ausgelassen war. Manchmal hat sich Oma anstecken lassen, aber ein andermal blieb sie bedrückt. Kein Wunder. Jetzt im Krieg haben alle Leute große Sorgen. Auch Oma. Ihr Sohn, Gretes Onkel Hannjerr, ist im Krieg an der Front, wo er kämpfen muss – kämpfen muss gegen die Feinde, so heißt es. Und ihre Tochter, Gretes Mama, musste als Krankenschwester nach Russland und kranke Soldaten pflegen. Und deswegen muss Grete nun bei der Oma bleiben. Ihr Papa ist schließlich auch im Krieg.

Schon vor Ostern war Grete von Kassel nach Schwalmdorf gekommen. Früher war sie bei der Oma nur mal kurze Zeit in den Ferien. Jetzt wird sie aber lange bei der Oma bleiben müssen, solange noch Krieg ist, und das kann lange sein.

Erst fand das Grete gar nicht gut und hatte oft Heimweh nach Kassel. Das Leben auf dem Dorf war schließlich ganz anders, als sie es von Kassel gewohnt war. Aber bald hatte sie sich bei Oma etwas eingelebt. Und dann fand sie es auf dem Lande manchmal sogar noch schöner als in der Stadt.

Nur schlimm, dass ihre Mama und ihr Papa so weit weg sind. Deswegen ist Grete manchmal sehr traurig. Sie betet jeden Abend, dass Gott die beiden beschützen soll. Im Krieg werden doch viele Leute verletzt oder gar getötet.

Mit ihren Eltern hat Grete, wie gesagt, in Kassel gewohnt. Aber ihr Vater musste schon vor über drei Jahren in den Krieg. Erst hat er in Polen, dann in Frankreich gekämpft. Und nun ist er in Russland. Und dann musste ja auch noch ihre Mutter weg. Gut, dass Grete bei ihrer Oma bleiben kann, sonst hätte sie in irgendein Kinderheim oder zu irgendwelchen fremden Leuten gehen müssen.

Oma wohnt in Schwalmdorf, einem Dorf in der schönen Schwalm. Und Oma wohnt auf einem Bauernhof, und das findet Grete an und für sich schön. Dann kann sie mit all den Tieren zusammen sein, und sie kann auch viel in der Natur sein.

Oma hat nur eine kleine Wohnung im Großmutterhäuschen, im Ellerhaus, so heißt das in der Schwalm, und hat nur zwei Zimmer – eine Küche und ein Schlafzimmer. Im großen Bauernhaus wohnt Tante Annels mit ihrem Sohn Hans, Gretes Cousin. Onkel Hannjerr ist ja auch im Krieg. Deswegen muss ihnen noch Franciszek, ein Pole, bei der Arbeit helfen. Der will eigentlich nicht hier sein, aber er muss, weil er ein Kriegsgefangener ist und ihn deutsche Soldaten gefangen genommen haben. Grete mag den Franciszek, er kann so lustige Sachen machen. Aber streng genommen soll sie sich mit ihm nicht abgeben; er gehört doch schließlich zu den Feinden – so sagt man jedenfalls. Grete ist das aber egal. Und Franciszek mag auch Grete. Er hat nämlich in Polen auch so eine Tochter. Und Grete erinnert ihn wohl an diese.

Seit einigen Wochen wohnen auch noch die Schneiders bei Tante Annels im großen Bauernhaus. Die Schneiders sind Ausgebombte aus Essen. Weil ihr Haus durch eine Bombe von den Engländern zerstört wurde, müssen sie nun irgendwo anders wohnen. Und da wurden sie bei Tante Annels einquartiert. Zu den Schneiders gehören Tante Schneider, Oma und Opa Schneider sowie Agnes und Gudrun. Mit Agnes, die sechs Jahre alt ist, und Gudrun – die ist vier Jahre – hat Grete schon oft gespielt.

Gretes Cousin Hans hat keine Zeit zum Spielen, weil er mit seinen 13 Jahren schon viel auf dem Bauernhof arbeiten muss. Er will seinen Vater ersetzen. Schließlich hätte Hitler, der Führer, gesagt, dass alle mithelfen müssten, dass wir den Krieg gewinnen.

Grete hilft auch schon etwas bei den Arbeiten auf dem Bauernhof mit. Das tut sie aber nicht, weil das der Führer gesagt hat. Dass will Oma so. Aber Grete hilft gerne mit, meistens jedenfalls. Vor allem soll sie jeden Tag die Gänse an die Schwalm treiben, damit die in dem Flüsschen baden können. Und Grete hilft auch ihrer Oma manchmal im Garten oder sogar auch Tante Annels bei Feldarbeiten. Ihre Schulaufgaben hat Grete meistens ziemlich schnell gemacht oder manchmal setzt sie sich erst abends daran, wenn sie tagsüber keine Zeit dazu hat.

Aber heute hat sie gar nicht viele Hausaufgaben auf. Den größten Teil hat sie schon in der Schule geschafft. Wenn Lehrer Stöcklein mit den anderen Klassen arbeitet und das dritte Schuljahr – in dem ist Grete – Stillarbeit machen muss, hat sich Grete beeilt und schon Hausaufgaben gemacht. Lehrer Stöcklein muss doch immer vier Schuljahre zusammen unterrichten. Zuerst die Klassen 5 bis 8 und um halb Elf kommen dann die Klassen 1 bis 4.

Als sie heute Morgen in der Schule im Unterricht „Traria, der Sommer, der ist da" gelernt haben, haben sie dann in der Pause einfach nochmals das Lied auf dem Schulhof gesungen und dazu einen Reigen getanzt. Dabei haben sich die Mädchen an den Händen gefasst, sind bei „Traria" zur Mitte gegangen und haben dabei die Hände erhoben und sind bei „der Sommer, der ist da" wieder zurückgegangen und haben die Arme wieder gesenkt. Beim Singen der Strophen sind sie dann einfach im Kreis gegangen.

Singen und Tanzen macht Grete viel Spaß. Wie gerne würde sie jetzt nochmals den Reigen tanzen, aber allein geht das ja nicht. Heute Morgen hat sie sich jedoch mit ihren Freundinnen abgesprochen, dass die mal nachmittags zum Spielen kommen. Dann könnten sie ja den Reigen nochmals tanzen.

Hilde und Anneliese kommen zum Spielen

Eigentlich müssten Hilde und Anneliese längst da sein. Aber sie lassen auf sich warten. Vielleicht dürfen sie wieder nicht zu ihr gehen. Meistens haben diese nämlich keine Zeit, um mal mit Grete zu spielen. Anneliese muss immer auf ihre kleine Schwester aufpassen, weil ihre Mutter arbeiten muss. Der Vater von Anneliese war ja auch im Krieg, und dann ist er totgeschossen worden, ist er gefallen, wie das heißt. Nun muss ihre Mutter ganz allein für sich und ihre Kinder sorgen. Sie arbeitet deswegen viel bei Bauern, hilft denen bei der Arbeit und bekommt dann dafür etwas zu essen oder ein bisschen Geld.

Grete erinnert sich noch genau daran, wie das war, als die Todesnachricht von Annelieses Vater vom Pfarrer in der Kirche bekanntgegeben wurde. „Hannjost Hoos ist den Heldentod gestorben, für Führer, Volk und Vaterland gefallen" – so sagte der Pfarrer. Das hat Grete noch im Ohr. Und Grete weiß auch noch, dass sie sich deswegen sehr aufgeregt hat. Was nützt der Familie ein toter Held?! Bestimmt hätte die Frau lieber ihren Mann wieder lebend zu Hause. Und die Kinder haben nun keinen Vater mehr. Grete möchte das jedenfalls nicht erleben.

Auch Hildes Vater ist im Krieg. Er lebt noch, kann aber nur ganz selten mal heimkommen. Vielleicht einmal im Jahr. Das ist ja bei Grete auch so. Ihr Papa war schließlich auch schon ganz lange nicht mehr da. Sie weiß schon gar nicht mehr richtig, wie er aussieht. Sie macht die Augen zu und versucht, sich Papa vorzustellen. Aber vielleicht sieht er gar nicht mehr so aus wie beim letzten Heimaturlaub. Vielleicht sieht er jetzt noch mehr wie ein alter Mann aus, noch mehr mitgenommen als beim letzten Mal. Vielleicht hat er jetzt ganz graue Haare und noch mehr Zahnlücken…

Und wie sie sich Papa so vorstellt, ist sie wieder ganz traurig geworden. Und Anneliese und Hilde werden heute wieder nicht kommen können. Schade! Hilde muss bestimmt gleich mit den Ziegen auf die Weide. Ja, Grete ist schon mal mit Hilde gegangen. Und da kam sie sich vor wie Heidi auf der Alm – wie sie das in dem Heidibuch gelesen hatte. Heidi hat schließlich mit dem Geißenpeter auch oft die Ziegen gehütet. Aber Hilde hat nur drei Ziegen zu hüten – eine Mutter und zwei Zicklein. Und die führt sie dann an einem Strick aus dem Dorf und läßt sie am Wegesrand Gras fressen.

Und wie Grete so ihren Gedanken nachgeht, hält ihr jemand von hinten mit den Händen die Augen zu. Grete fühlt nach hinten. Oh! Das muss Hilde sein! Juhu! Juhu! Juhu! Hilde ist doch noch gekommen! Und wie sich Grete umdreht, sieht sie, dass auch Anneliese dabei ist und ihre kleine Schwester Sieglinde mitgebracht hat. Ganz leise haben sich alle drei angeschlichen. Grete war ja auch so in Gedanken.

Jetzt sind ihre trüben Gedanken wieder wie verflogen. „Traria, der Sommer, der ist da…" trällert Grete ausgelassen und hüpft zum Bauernhaus, um Agnes und Gudrun zu rufen. Die sollen schließlich auch mitmachen.

Auf Vorschlag von Grete begeben sich alle gleich in den Grasgarten und ziehen ihre Schuhe aus. Schon fassen sie zum Kreis, auch Sieglinde und Gudrun sollen den Reigen mittanzen. Die müssen sie zwar etwas mitziehen, aber die können schließlich auch einigermaßen mitmachen, wenn sie das Lied auch noch nicht mitsingen können. Barfuß im Gras zu tanzen – oh, wie schön ist das!

Grete könnte den Reigen immer wieder tanzen. Aber Gudrun und Sieglinde wollen nicht mehr mitmachen. Da beschließen sie, das Singspiel „Machet auf das Tor, es kommt ein goldner Wagen – wer sitzet denn darin? Ein Mann mit goldenen Haaren…" zu singen und zu spielen. Dabei bilden sie paarweise ein Tor und von hinten müssen dann immer die letzten nach vorne durchgehen und wieder vorne ein Tor bilden. Und bei „…er will die Schönste haben" schnappt dann die Falle zu.

Dann tanzen sie extra für Gudrun und Sieglinde noch das leichte Singspiel „Ringel, Ringel, Reihe…", damit die auch mal richtig mitmachen können und ihren Spaß haben. Und so sind alle vergnügt und froh.

Eine Sommersonnenwendfeier

Heute ist der längste Tag des Jahres. Heute zieht die Sonne ihre größte Bahn am Himmel. Und heute Abend darf Grete mal länger aufbleiben. Wie schön! Heute Abend wollen Hans und die anderen Jungen auf dem Dorfplatz bei der Linde ein kleines Feuer machen, ein Sonnenwendfeuer. Hans ist nämlich beim Jungvolk, und nächstes Jahr kommt er in die Hitlerjugend, dann ist er 14 Jahre und dann darf er auch schon mal mit Gewehren schießen. Das Schießen üben. Schließlich will er auch mal für Deutschland kämpfen.

Jetzt geht Hans schon jeden Samstag zum Jungvolk und muss dann nicht in die Schule. Die Jungen, die beim Jungvolk und die älteren, die bei der Hitlerjugend sind, die machen dann nämlich Sport und Wettkämpfe und kämpfen auch gegeneinander. Unser Führer, der Hitler, hat schließlich zur Jugend gesagt, dass sie „flink wie Windhunde, zäh wie Leder und hart wie Kruppstahl" sein sollen. So sollen vor allem die Jungen werden, damit sie für Deutschland gut kämpfen können.

Wenn Grete zehn Jahre alt ist, dann kann sie auch zu den Jungmädeln gehen. Da machen sie auch zusammen Sport und Spiele oder Basteln mal. Und die Leiterin soll dann auch immer so schöne Geschichten vom Führer und von tapferen Helden erzählen. So hat das Grete jedenfalls gehört. Das wird bestimmt schön!

Und heute Abend macht die Hitlerjugend auf dem Dorfplatz ein kleines Sonnenwendfeuer. Vor dem Krieg sollen die Jungen auf dem Berg ein großes Sonnenwendfeuer gemacht haben. So hat Oma erzählt. Aber jetzt im Krieg machen sie nur ein ganz kleines Feuer, und das noch bevor es dunkel ist. Nachts müssen schließlich sogar auch die Fenster abgedunkelt werden, damit kein Lichtschein nach außen dringt. Sonst könnten eventuell die Feinde sehen, wo ein Dorf oder gar eine Stadt ist und dort nachts eine Bombe oder auch viele Bomben abwerfen.

Voller Vorfreude begibt sich Grete mit Agnes und Gudrun auf den Dorfplatz. Hilde und Anneliese wollen auch kommen, so haben sie jedenfalls gesagt. Oma geht aber nicht mit – sicher will sie zu den Führer-Feiern nicht hingehen. Das hat sie aber nicht gesagt, das denkt sich Grete nur so.

Als am 1. Mai der große Aufzug war, ist Oma auch nicht mit zum Dorfplatz gegangen. Und hat sich nicht die Reden angehört und hat nicht die Lieder mitgesungen. Und da ist Grete auch nicht mitgegangen, wäre aber gerne dabei gewesen. Hinterher war Grete aber froh, dass sie nicht auf den Dorfplatz gegangen war. Schließlich hat sie von Weitem gehört, was die Leute dort gesungen haben. Daran erinnert sich Grete jedenfalls noch.

Aber bei dem Feuer werden doch nicht wieder solche Lieder gesungen und so Reden von den Freunden vom Hitler gehalten werden. Hoffentlich! Aber am Ende singen dann doch wieder alle zusammen: „Deutschland, Deutschland über alles, über alles in der Welt…" Dann wird Grete aber nicht mitsingen, soviel nimmt sie sich jedenfalls schon vor. Franciszek hatte damals nämlich gesagt: „Hitler nix gut! Hitler macht Polen tot!" Das hat Grete noch im Ohr. Und sie findet doch auch nicht gut, wenn sich die Deutschen für die Besten halten. Die anderen Menschen sind doch auch gut.

Viele Leute aus dem Dorf sind bereits auf dem Platz bei der Linde versammelt. Schnurstracks geht Grete mit Agnes und Gudrun zu Hilde und Anneliese.

Hans hat wie die anderen Jungen seine Kluft angezogen – seine schwarze kurze Hose, sein braunes Hemd und um den Hals sein schwarzes Tuch umgebunden. So kleidet er sich immer beim Jungvolk zu den Hitler-Feiern.

Und schon zünden die Jungen den kleinen Holzstoß an. Und während die Flamme emporsteigt, singen sie: „Flamme empor! Steige mit loderndem Scheine… glühend empor, glühend empor…" Soviel hat Grete verstanden. Dazwischen haben sie noch etwas gesungen, was Grete nicht richtig mitbekommen hat. Und die Melodie kann sich Grete auch nicht gut merken, sonst hätte sie vielleicht auch ein bisschen mitgesummt.

Als der Anführer der Jungen alle Mädchen auffordert, nun mal zusammen den Reigen „Traria, der Sommer, der ist da…" zu tanzen, macht Grete gerne mit und nimmt Gudrun und Agnes an die Hand. Ja, jetzt ist es ein ganz, ganz großer Kreis. Ältere Mädchen, die bei den Jungmädeln sind, führen den Reigen an. Die Jungmädel sind an ihren blauen Röcken und weißen Blusen zu erkennen. Wie gut, dass sie heute Morgen in der Schule das Lied gelernt haben! Und dass sie nun den Reigen mit so vielen Mädchen zusammen tanzen kann, das findet Grete besonders schön.

Ein Mann mit einer Stiefelhose, Stiefeln und einem braunen Hemd hält eine kurze Rede. Aber Grete hört nicht zu, extra nicht. Und als sie zum Schluss „Deutschland, Deutschland über alles, über alles in der Welt…", die Nationalhymne, singen, tut Grete so, als ob sie einen Hustenanfall hat und singt nicht mit. Ja, sie weiß doch schon, dass man bei den Freunden von Hitler mitmachen muss, sonst bringt das Nachteile. Das hat jedenfalls Oma gesagt. Aber Oma macht trotzdem nicht mit, drückt sich immer irgendwie. Sie ist nämlich gegen Hitler. Und findet gar nicht gut, was der Führer sagt und macht. Irgendwie findet das Grete auch so. Aber so richtig kennt sie sich noch nicht aus.

Die Sonnenwendfeier findet sie allerdings ganz schön. Aber bald ist das Feuer etwas abgebrannt. Und es wird dunkel. Da gehen sie schnell nach Hause… Schließlich will sie noch baden. Heute ist doch Samstag.

Sonntagmorgen in Schwalmdorf

Ja, gestern Abend war wieder Baden angesagt. Jeden Samstag stellt Oma in der Küche eine Wanne auf, damit sich Grete baden kann. Die Wanne ist zwar ziemlich klein – die wird auch zum Waschen der Wäsche benutzt –, aber Grete kann sich hineinsetzen. Ja, Oma setzt sich zum Baden auch hinein, nach Grete in dasselbe Wasser. Oma hat nämlich kein Badezimmer und keine große Badewanne, wie sie das in Kassel hatten. Auf das Badezimmer mit der großen Badewanne war Grete ziemlich stolz, schließlich hatten nicht alle von ihren Kasseler Freundinnen auch schon ein Badezimmer in der Wohnung. Wie gerne hätte sich Grete mal wieder in der großen Wanne geaalt!

Beim Baden hat ihr Oma auch mit Kernseife die Haare gewaschen. Und wie immer war das Auskämmen der Kutzeln, der Knoten, bei ihren langen Haaren eine unangenehme Prozedur. Gestern Abend stimmte Oma dann aber zu, dass sich Grete mit nassen Haaren ins Bett legen konnte – weil es bereits so spät und außerdem warm war. Und so hat Oma die Haare nass zu Zöpfen geflochten.

Als Grete nach dem Frühstück die Zöpfe aufmacht und sich die Haare schon mal durchkämmt, zieht sie den Kamm so richtig mit Bedacht durch die schönen Locken. Schade, dass sie die Haare nicht mal offen tragen und so in die Kirche gehen kann. Die langen gewellten Haare sehen doch sehr schön aus. Mama hatte ihr schließlich auch erlaubt, mit offenen Haaren in die Stadt zu gehen. Aber Oma möchte bestimmt nicht, dass sie so ins Dorf oder gar in die Kirche geht. „Das machen nur Mädchen in der Stadt!", hatte Oma ihr resolut schon vor einem Jahr gesagt, als Grete in den Sommerferien bei Oma war und das mal so tun wollte. „Hier in Schwalmdorf macht das kein Mädchen, hier ist das keine Mode".

Und so lässt sich Grete, ohne erneut zu fragen und ohne Murren, wieder von Oma die langen Haare zu Zöpfen flechten. Bei Oma muss Grete eben einiges hinnehmen, was ihr an und für sich nicht so gefällt.

Eigentlich findet Grete die Zöpfe aber schon schön. Besonders wenn ihr sonntags so wie heute eine weiße oder rote Schleife darauf gebunden wird – das macht Oma so wie Mama.

Als Grete in Kassel ein Plakat an einer Litfaßsäule gesehen hatte, auf dem ein Mädchen abgebildet war, das auch so blonde Zöpfe wie sie hatte, dachte sie, dass das Mädchen wirklich sehr schön aussähe. Unter dem Mädchen stand groß geschrieben: „Jugend dient dem Führer!" Wenn der Führer vielleicht auch blonde Mädchen mit Zöpfen besonders gerne sieht, deswegen mag Grete ihre Zopffrisur aber im Grunde nicht. Ihr gefallen Zöpfe einfach, obwohl in ihrer Kasseler Klasse nur noch zwei andere Mädchen – die Franziska und die Rosi – auch welche hatten. Die meisten Mädchen hatten in Kassel einen modernen Bubikopf, kurze Haare. Und von diesen trugen wiederum die meisten eine Tolle auf dem Kopf, bei der die Haare auf der Kopfplatte mit einem Kamm eingeschlagen waren. Ihre Mutter hatte das auch mal bei Grete ausprobiert – damals waren ihre Haare noch nicht ganz so lang –, aber mit der modernen Tolle gefiel sich Grete nicht.

Dass in Schwalmdorf fast alle Mädchen Zöpfe haben, zumindest fast alle vom 1. bis 4. Schuljahr, stellte Grete gleich am ersten Schultag fest. Nur die Anneliese hat keine Zöpfe, weil die noch Tracht anzieht. Von den großen Mädchen tragen noch mehrere Tracht und die haben einen Schnatz auf dem Kopf, haben die geflochtenen Haare auf der Kopfplatte zusammengesteckt. So wie das Oma auch hat.

Wenn sich Oma kämmt, so wie jetzt gerade, dann bückt sie sich nach vorne und bindet die nach vorne gekämmten Haare auf der Kopfplatte zusammen. Und dann flicht sie diese in gebeugter Haltung zu zwei Zöpfen zusammen.

„Jetzt im Alter habe ich nur noch zwei ganz dünne Zöpfchen", sagt Oma, als sie sich wieder gestreckt hat und die Zöpfe auf der Kopfplatte zum Schnatz zusammenwickelt. Und nachdem sie die Arme heruntergenommen und tief Luft geholt hat, ergänzt sie noch: „Früher hatte ich so dicke Haare, dass die Zöpfe gar nicht unter die Kappe passten. Da hatte ich so dicke Zöpfe wie du." Und während sie das Handtuch, das sie vor dem Kämmen umgelegt hatte, wieder abnimmt und ausschüttelt, erzählt sie weiter: „Damit die Haare noch unter die Kappe passten, habe ich mitten auf dem Kopf einen dicken Büschel Haare herausgeschnitten und habe die langen Haare dann verkauft." Das hatte Oma schon mal erzählt und Grete weiß noch, dass das damals alle Mädchen so gemacht haben. Aber Grete hört trotzdem nochmals verwundert zu, auch noch als Oma weiter erzählt. „Für die Haare habe ich dann vom Händler ein Halstuch oder etwas anderes Schönes bekommen." Und Grete dachte wieder nur: „Was man nicht alles mit den Haaren machen kann!"

Grete würde aber einen Teil ihrer Haare nicht verkaufen. Schließlich haben ihr schon öfter Leute gesagt, welch schöne Zöpfe sie habe. Auf ihre langen Zöpfe ist sie ein bisschen stolz, auch wenn in Kassel einige Mädchen Zöpfe nicht so modern fanden und lieber ihre Haare kurz und offen frisiert haben. Grete trägt die Frisur so wie es ihr gefällt. Modern hin – modern her! Und hier auf dem Dorf passt sie doch gut zu den anderen.

Irgendwie sind die Leute auf dem Land etwas altmodischer, wollen nicht so modern sein. Die Schnatzfrisur von den Trachtenträgerinnen ist bestimmt eine ganz altmodische Frisur. Aber die ist doch auch schön, zumindest ist sie etwas ganz Besonderes. Und das findet Grete eigentlich gut.

Es ist jedenfalls schon ein großer Unterschied zwischen dem Leben in der Stadt und auf dem Land, bei vielem. Vielleicht muss sich Grete erst nur noch ein bisschen mehr umgewöhnen. Dann wird sie vielleicht nichts mehr vermissen – man kann doch so oder so leben; sich so oder so frisieren oder sich so oder so kleiden. Aber die große Badewanne wird Grete wahrscheinlich weiter vermissen, auch wenn sie noch häufiger in Omas kleiner Wanne gebadet hat, sich darin baden musste.

Grete und Oma kleiden sich zum Kirchgang an

Sonntags zieht Grete ihr bestes Kleid an. Aber sie hat ja nur zwei Sommerkleidchen – eines für den Alltag und eines für sonntags, und das gute Kleid zieht sie aber auch zur Schule an. Zur Schule trägt sie jedoch darauf noch eine Schürze. Das machen alle Mädchen in Schwalmdorf so. Aber Grete wollte das anfangs nicht, weil sie in Kassel auch keine Schürze zur Schule getragen hatte. Und da hat sie am ersten Tag protestiert, als Oma sagte, dass sie eine Schürze überziehen solle. Aber am nächsten Tag hat sie dann doch von alleine eine Schürze umgebunden, weil sie in der Schule gesehen hatte, dass wirklich alle Mädchen eine Schürze getragen hatten.

Jetzt zum Kirchgang zieht sie natürlich keine Schürze an. Ja, Oma trägt zur Kirche die spezielle Kirchentracht, und diese zieht sie nach dem Kirchgang gleich wieder aus. Zum Kirchgang trägt Oma nämlich acht Röcke, eine besonders gute Jacke und eine schöne Kappe auf dem Haarschnatz.

Wenn sie dann nachmittags zum Friedhof spazieren, wo Opa Jakob schon seit über drei Jahren begraben liegt, dann zieht Oma nur noch vier Röcke übereinander an – da muss sie sich nicht mehr so gut kleiden. Eine Kappe setzt sie aber noch auf, lässt dabei allerdings die Kappenschnüre auf den Rücken fallen. Und auf dem Rücken muss Grete diese dann auf der Jacke feststecken. Morgens zur Kirche bindet Oma diese aber unter dem Kinn. So gibt es viele, viele Regeln, wie man die Tracht tragen soll. Grete kennt schon einige, aber bei Weitem nicht alle. Sie lernt immer noch etwas dazu.

Wie sich Oma kleidet, das ist schon ganz eigentümlich. Oma weiß immer genau, was sie zu diesem oder jenem Anlass anziehen sollte, ja muss. Irgendwie ist das ein bisschen vorgeschrieben. Dabei hätte sie eine große Auswahl und könnte irgendetwas Anderes tragen.

Oma hat allein einen ganzen Schrank voller Röcke – etwa 50 Stück – an Haken aufgehängt, und die vielen Jacken und so weiter verstaut sie noch in einer Truhe. Das alles muss aber auch für das ganze Leben reichen. Und das alles, was sie bis zum Tod beim Kirchgang, bei Festen und im Alltag zum Anziehen braucht, hatte sie bei der Hochzeit von ihren Eltern als Ausstattung bekommen. Und das meiste davon hatte ihre Mutter auch schon getragen. So hat sie es Grete schon mal erzählt.

Grete hat nicht viel Kleidung. Außer den beiden Sommerkleidchen hat sie nur noch zwei Kleider mit langem Arm für den Winter – ein gutes und eines für den Alltag –, eine Strickjacke, ein Paar Schuhe und einen Wintermantel. Das ist alles, was sie von Kassel mitgebracht hat.

Und bald werden ihr die wenigen Anziehsachen zu klein sein. In absehbarer Zeit wird sie jedenfalls wieder neue Kleidung brauchen. Hoffentlich ist der Krieg bald vorbei, damit sie Neues kaufen können! Im Krieg bekommt man doch fast nichts. Da ist Oma wirklich besser dran.

„Oma, ist der Krieg bald zu Ende?", fragt Grete unvermittelt, als sich Oma die Schürze umbindet. Oma sieht Grete ganz verdutzt an und hält perplex die Luft an. Nach einer Weile atmet sie stoßartig aus und sagt schließlich: „Wenn ich das wüsste…!" Dabei schiebt sie ihre Schultern ganz hoch, fast bis an die Ohren und lässt sie ruckartig wieder fallen.

„Komm, wir gehen – es läutet schon!", sagt Oma gleich darauf und greift nach dem Gesangbuch. Und so gehen sie in die Kirche, wie jeden Sonntag. „Sonst ist es kein richtiger Sonntag für mich", hatte Oma schon mal gesagt. Grete geht auch immer mit zum Gottesdienst. Und dann betet sie ganz innig, dass Gott Mama und Papa gut beschützen soll…

Die Kirschen sind reif

Seit Tagen bekam Grete immer schon mal eine Handvoll Kirschen zu essen, aber immer nur eine Handvoll. Und die musste ihr Hans abmachen. Bei den Erdbeeren konnte sich Grete in den letzten Wochen immer mal selbst welche pflücken. Am liebsten wäre sie jeden Tag dreimal in den Garten gegangen, um Erdbeeren zu essen.

Aber auf den hohen weit ausladenden Kirschbaum traute sie sich nicht hinauf. Da war sie auf Hans angewiesen. Und er ließ es sich schon ein bisschen anmerken, wie doch alle von seinen Kletterkünsten abhängig waren und auch ein paar Kirschen abhaben wollten – Grete, Agnes und Gudrun, ja auch die Erwachsenen. Schließlich konnte Hans bis in die Baumkrone klettern und dort schon die ersten roten Kirschen pflücken.

Aber jetzt sind die Kirschen des ganzen Baumes dunkelrot und richtig reif. Da sollen sie nun alle gepflückt werden. Hans und Franciszek haben aus der Scheune die ganz lange Leiter geholt und in den Baum gestellt. Nun pflücken sie mehrere Eimer voll ab. Und Grete, Agnes und Gudrun haben sich schon über einen Eimer hergemacht und so viele Kirschen gegessen, dass sie gar nicht mehr, noch mehr davon essen möchten. Endlich konnten sie sich mal mit Kirschen satt essen – so satt, dass sie fast ein bisschen Bauchweh haben.

Als Franciszek wieder einen vollen Eimer die Leiter hinunterträgt, hat er sich mit Kirschen geschmückt, sich jeweils ein paar mit den Stielen über die Ohren gehängt. Das sieht lustig aus. Und dann steckt er genüsslich eine Kirsche in den Mund und spuckt den Kern im hohen Bogen weit weg. „Grete auch!", sagt er und zeigt, wie weit er spucken konnte. „Jetzt Grete!", fordert er Grete nochmals auf. Und Agnes soll das auch machen. Ja, das ist eine gute Idee, denkt Grete. „Komm, wir machen Kirschkern-Weitspucken!", sagt sie zu Agnes und Gudrun. „Mal sehen, wer am weitesten spucken kann!"

Sie strengen sich mächtig an, aber so weit wie Franciszek schaffen sie es lange nicht. Auch Gudrun möchte sich mal beweisen. Sie gibt jedoch nach dem ersten Mal schon wieder auf, obwohl Franciszek oben vom Baum Beifall geklatscht hat. Grete und Agnes bereitet das Wettspucken aber so viel Spaß, dass sie mehrere Durchgänge machen. Obwohl sie immer etwas mehr Übung bekommen, hören sie bald unentschieden auf. Schließlich passt wirklich keine Kirsche mehr in ihren Bauch.

Gudrun möchte zur Mutter gehen und da gehen sie alle ins Haus. Oma, Tante und Oma Schneider sitzen bei Tante Annels in der Küche und entsteinen die Kirschen. Mit einer Haarnadel pulen sie die Steine heraus und Tante Annels schichtet die entkernten Kirschen in Gläser und kocht diese ein. „Der nächste Winter kommt bestimmt!", sagt Tante Annels. „Da ist es gut, wenn man etwas aus dem Keller holen kann!"

Ja, in diesen Tagen sorgen sie viel vor. Schließlich gibt es jetzt viel zu ernten – außer Kirschen, auch Johannis- und Stachelbeeren. Heidelbeeren werden sie auch im Wald holen und Himbeeren werden sie bald auch noch pflücken. Das hat Oma jedenfalls schon gesagt, und dann soll Grete mitgehen und helfen. Dann wird sie bestimmt anfangs wieder mehr essen, als in den Eimer werfen. Aber bald wird sie dann auch so viele Beeren gegessen haben, dass sie keine mehr essen möchte und kann.

Heute hat sie jedenfalls nach Kirschen kein bisschen Verlangen mehr. Aber morgen wird das schon wieder anders sein. Und wie wird sie sich dann im Winter nach Kirschen sehnen! Und erst im Frühling, wenn es keine Äpfel mehr gibt! Als sie damals den blühenden Kirschbaum sah, wünschte sie sich jedenfalls sehr, dass die Kirschen schon reif wären. Und nun war die Zeit endlich gekommen. Wie schön!

Heimatkunde – ein Lieblingsfach von Grete

Heute findet Grete den Heimatkundeunterricht wieder besonders spannend. „Mittlerweile haben wir das große Loch in der Staumauer vom Edersee schon fast wieder aufgebaut!", sagt Lehrer Stöcklein kraftvoll mit geschwellter Brust. „Die Engländer, die Tommies, können und werden uns nicht besiegen!" Und nachdem er nochmals tief Luft geholt und sich noch mehr gestreckt hat, fährt er fort: „Dann werden wir wieder einen großen See, den zweitgrößten von ganz Deutschland, nicht weit von uns haben. Dann kann da an der Mauer wieder Strom erzeugt werden. Und aus dem See Wasser für die Schifffahrt abgelassen werden, damit auf der Weser auch im Sommer Schiffe fahren können – sonst würde oft der Wasserstand zu niedrig sein." Das sagt Lehrer Stöcklein so eingehend und voller Stolz, dass alle Schüler ihren Kopf recken und zu ihm schauen.

Eigentlich sollen ihm aber nur die Kinder vom 4. Schuljahr zuhören. Mit denen macht er nämlich jetzt gerade Heimatkunde. Die Kinder vom 1. und 2. Schuljahr sollen in der Zeit rechnen. Und Grete soll wie alle Kinder vom 3. Schuljahr etwas von der Tafel abschreiben. In der vorigen Stunde hat Lehrer Stöcklein schließlich mit dem 3. Schuljahr Heimatkunde gemacht. Und da haben sie etwas über die Städte in der Schwalm durchgenommen. Und nun müssen sie darüber einen Spruch ins Heft schreiben. Aber Grete kann sich gar nicht auf das Schreiben konzentrieren. Sie will mehr über den Edersee hören.

Sie hat nämlich noch im Ohr, wie Lehrer Stöcklein vor Wochen von der Bombardierung der Staumauer erzählt hat. Eine von drei Bomben, die die Engländer in der Nacht vom 16. auf den 17. Mai abgeworfen hatten, riss ein großes Loch in die Staumauer. Das Wasser schoss sechs Meter hoch aus dem See heraus und überflutete die Dörfer im Edertal. 68 Menschen sind dabei ertrunken, das hat sich Grete gut gemerkt. Und sie weiß auch noch, dass das Hochwasser bis in Kassel zu spüren war. Ja, sie dachte damals, wie gut, dass ihr

Haus nicht an der Fulda steht, sonst wäre das auch noch beschädigt worden.

„Unser Kaiser Wilhelm, seine hochwohlgeborene Majestät, hatte noch kurz vor dem ersten Krieg die monumentale Staumauer bauen lassen", erwähnt Lehrer Stöcklein erhaben weiter. „Das war ein Segen für uns, brachte den Männern Arbeit und den Frauen und Kindern Brot." Und nachdem Lehrer Stöcklein etwas inne gehalten hat, sagt er noch entschieden: „Ich hoffe, dass ihr euch für den Schutz unserer schönen Heimat einsetzt! Kein Feind soll sie uns kaputt machen oder gar wegnehmen können!" Dabei sieht er die Jungen eindringlich an. Und alle schauen gebannt zu Lehrer Stöcklein auf – nicht nur die Jungen. Und nicht nur die Kinder vom 4. Schuljahr.

Jetzt hängt Lehrer Stöcklein eine Landkarte auf. Der Heinrich, soll nun den Verlauf der Eder zeigen… Grete weiß das auch noch. Sie weiß, dass die Eder im Rothaargebirge entspringt und dann im Edersee gestaut wird. Später fließt die Schwalm als Nebenfluss dazu. Und noch vor Kassel fließt die Eder dann in die Fulda. Und in Hann. Münden fließt dann die Fulda mit der Werra zusammen…

Als die Kinder vom 4. Schuljahr schließlich den Spruch, den sie dazu gelernt hatten, nochmals zusammen laut aufsagen müssen, spricht Grete leise mit: „Wo Werra sich und Fulda küssen, sie ihre Namen büßen müssen. Und hier entsteht durch diesen Kuss deutsch bis zum Meer der Weser Fluss." Das hat sie sich gut gemerkt, als das Lehrer Stöcklein mit dem 4. Schuljahr schon vor Wochen durchgenommen hat. Jetzt ist das ja nur eine Wiederholung.

Und wenn er das im nächsten Jahr wieder mit dem 4. Schuljahr durchnimmt, dann wird Grete schon alles wissen. So ist das eben, wenn der Lehrer vier Schuljahre auf einmal unterrichten muss.

Eigentlich sollen sie nicht zuhören, wenn Lehrer Stöcklein mit den anderen Schuljahren etwas durchnimmt, aber das Hören kann er ja nicht kontrollieren. Das darf er zehnmal verbieten, aber Grete hört doch mit einem Ohr zu. Manchmal sogar mit beiden Ohren. Zumindest wenn es so spannend ist, wie die Geschichte vom Edersee.

Und Grete muss aber gleich auch daran denken, was die Deutschen den Engländern alles Schlimmes antun. Wer weiß, was wir in England schon Schlimmes gemacht haben! Wer weiß!

Damit sie nicht weiter darüber nachdenkt, will sich Grete nun lieber auf das Abschreiben des Spruches konzentrieren.

> „Treysa – die Welt;
> Ziegenhain – der Stolz;
> Neukirchen – das Geld;
> Schwarzenborn – das Holz!"

Hoffentlich vergisst sie nicht, was der Spruch bedeuten soll! Treysa hat einen Bahnhof, von dem man in die Welt fahren kann. Ziegenhain ist die Kreisstadt und dort wohnen viele vornehme Herren und Damen. Warum man in Neukirchen besonders viel Geld haben soll, das fällt Grete gerade nicht ein. Und um Schwarzenborn gibt es viel Wald, dann haben die Leute auch viel Holz. Das versteht sich von selbst. Und mit dem Spruch kann sie sich alles besser merken. Ja, sie mag den Heimatkundeunterricht überhaupt sehr gern. Das ist ein Lieblingsfach von ihr – außer Musik, Zeichnen und Religion. Aber eigentlich mag sie alles, was sie in der Schule lernt.

Alle Schüler sammeln Heilkräuter

„Der Himmel ist blau, das Tal ist grün – Herr Lehrer wir wollen spazieren gehen! Guten Morgen, Herr Lehrer!" Wie geübt, sprechen dies alle Kinder im Chor, als Lehrer Stöcklein aus der Türe tritt und die Kinder bereits zu zweit angetreten sind. Ja, heute geht's mal nicht zum Unterricht in den Klassenraum, sondern in die Natur. Das hat Lehrer Stöcklein jedenfalls gestern so angekündigt. Jeder sollte einen Korb mitbringen, da sie Heilkräuter sammeln wollen. „Los! Kommt!", sagt Lehrer Stöcklein nur und winkt mit dem Arm, holt dabei weit aus. „Im Dorf bleibt ihr schön zu zweit Hand in Hand!"

Schon geht die muntere Schar los – die Viertklässler vorweg. Auf der Straße stimmt Lehrer Stöcklein Lieder an. Fast in jedem Haus gehen Fenster auf oder Leute bleiben auf dem Hof stehen und schauen den Kindern nach.

Kaum sind sie aus dem Dorf, biegt Lehrer Stöcklein in einen Feldweg ein. Schon bald hat er ein erstes Heilkraut entdeckt, zeigt es den Kindern und erklärt: „Das ist der Schachtelhalm – Schachtelhalmtee ist gut bei Nieren- und Blasenleiden." Nur wenige Schritte weiter sieht er ein anderes Heilkraut blühen. „Das ist die Schafgarbe – Schafgarbentee hilft bei Bauchschmerzen!", belehrt er die Kinder weiter.

Und Grete hat auch ein Johanniskraut entdeckt, das hat ihr Oma schon gezeigt. „Oh, da ist auch Johanniskraut!", platzt sie heraus. „Weißt du denn auch, woran man das echte vom unechten Johanniskraut unterscheiden kann?", will Lehrer Stöcklein von ihr wissen. Darauf war nun Grete nicht gefasst. Sie blickt zur Erde und das Blut steigt ihr in den Kopf. Lehrer Stöcklein erlöst sie aber gleich aus der Verlegenheit und rupft eine Blüte vom Johanniskraut ab. „Das Johanniskraut ist nur echt, wenn beim Zerdrücken der Blütenknospe roter Saft herauskommt", erklärt er und zeigt den roten Saft auf seinen Fingern. „Tee davon hilft bei Durchfall!", ergänzt Lehrer Stöcklein noch. „Und Öl kann man auf Wunden streichen." Ja, das weiß Grete schon. Schließlich hat sie gesehen, wie Oma Johanniskrautblüten in eine Flasche mit Öl getan hat und die Flasche ans Fenster in die Sonne gestellt hat. Nach Tagen wurde das Öl ein bisschen rötlich. Aber Grete hat das Öl noch nicht gebraucht, schließlich war sie noch nicht hingefallen. „Aber was noch nicht ist, kann ja noch werden", meinte Oma und stülpte dabei mal die Flasche auf den Kopf.

„Die Kamille kennt ihr sicher alle!", sagt Lehrer Stöcklein jetzt und zeigt einen kleinen Zweig in die Runde. Alle Kinder, auch die Erstklässler, nicken. „Aber ihr kennt sie doch noch nicht richtig! Das ist nämlich die falsche Kamille!", belehrt Lehrer Stöcklein nun die verblüfften Kinder selbstgewiss. „Bei der echten Kamille hängen die Blütenblätter etwas nach unten, bei der falschen stehen sie waagerecht. Und wenn man eine Blüte aufspaltet, ist der Blütenboden bei der echten innen hohl, die falsche Kamille ist innen markig", erklärt der Lehrer schließlich und zerteilt mit dem Daumenfingernagel einen Blütenboden und zeigt diesen in die Runde. „Außerdem duftet die falsche Kamille nicht", ergänzt er noch. „ Und wie die echte Kamille riecht, das wisst ihr doch." Da nicken wieder alle Kinder. „Von der Kamille braucht ihr nur die Blüten abzuzupfen!", sagt Lehrer Stöcklein noch im Weitergehen.

„Ach, hier ist noch ein Spitzwegerich, den könnt ihr auch noch sammeln", erklärt Lehrer Stöcklein dann. „Tee aus Spitzwegerich reinigt das Blut und hilft gegen Husten und Durchfall."

Hoffentlich kann sich Grete alles merken! Das denken bestimmt auch die anderen. Hilde und Anneliese blicken jedenfalls auch ganz verunsichert in die Runde. Wenn sie sich gegenseitig helfen, dann werden sie es aber bestimmt schaffen. Was der eine nicht weiß, wird vielleicht der andere wissen.

„So! Nun seht euch um! Ich bin gespannt, wer am meisten Heilkräuter findet! Ab marsch!", kommandiert Lehrer Stöcklein und sagt noch beiläufig, dass sie ihn ja fragen könnten, wenn sie es nicht genau wissen. Schon stürmen die Kinder los, die großen Jungen voran. „Ihr könnt auch in die Seitenwege gehen!", ruft Lehrer Stöcklein noch nach. „Wenn ich pfeife, kommt ihr zurück!"

Grete geht mit Hilde und Anneliese. Wenn sie ein Heilkraut entdecken, dann teilen sie es genau auf. Es soll schließlich jeder einen Zweig davon bekommen. Und immer wieder blicken sie sich mal um, ob sie nicht zu weit von Lehrer Stöcklein entfernt sind. Sehr weit wegzugehen, verunsichert sie ein bisschen. Und es dauert schon lange, bis sie den Pfiff von Lehrer Stöcklein hören, es kommt ihnen jedenfalls lange vor. Trotzdem haben sie bisher noch nicht sehr viele Kräuter gefunden.

Als alle wieder beim Lehrer sind und ihre Heilkräuter zeigen, lobt sie Lehrer Stöcklein nur beiläufig. Die Kräuter von Anneliese sieht er sich genauer an und nimmt jedes Kraut in die Hand und fragt nochmals, wie das wohl heiße. „Gut!", sagt er kurz. „Jetzt wisst ihr Bescheid." Dann wendet er sich wieder allen zu und Anneliese atmet auf. „Heute bekommt ihr als Hausaufgabe, noch mehr Heilkräuter zu sammeln! Jeder so viele wie möglich! Die trocknet ihr zu Hause und bringt sie dann nach den Ferien in die Schule mit! Die Kräuter von heute legen wir zum Trocknen auf den Boden über dem Schulraum."

Und beim Zurückgehen sagt Lehrer Stöcklein noch: „Im Krieg werden doch viele Heilkräuter gebraucht – für die Soldaten an der Front, ja für alle Leute. Da wollen wir so viel wie möglich abliefern."

In den Ferien könnte Grete doch auch nochmals Kräuter sammeln. Bestimmt würden Hilde und Anneliese dann auch nochmals mitgehen. Mit mehreren zusammen macht das doch mehr Spaß. Heute mit den vielen Kindern war das jedenfalls richtig schön.

Grete geht mit zum Heidelbeerpflücken

„Beeil dich nach der Schule! Heute wollen wir in die Heidelbeeren gehen!", hatte Oma morgens zu Grete gesagt. Und da ist Grete fast im Dauerlauf heimgelaufen, hat schnell gegessen und sich umgezogen. Und schon waren alle startbereit, aber nur die Frauen: Oma, Tante Annels, Tante Schneider und Agnes. Für die Männer ist das keine Arbeit, die bücken sich nämlich nicht gerne. Das überlassen sie lieber den Frauen. Hans hatte doch beim Steinelesen gesagt, dass die Frauen schließlich kein Rückgrat hätten und sich so besser bücken könnten. Das hat Grete noch im Ohr. Gudrun sollte bei Oma Schneider zu Hause bleiben, die würde das Beerenpflücken wohl noch nicht können und dann nur herumquengeln.

Forsch laufen sie dem Wald zu, die drei Erwachsenen mit großen Schritten vorweg, Grete und Agnes mit ihren kurzen Beinen mit schnellen Schritten hinterher, jeder mit einem Eimer in der Hand. Als sie am Waldrand angekommen sind, atmet Grete auf, aber sie hat sich zu früh gefreut. Bis sie Heidelbeeren finden, müssen sie noch ein großes Stück in den Wald gehen. Heidelbeeren wachsen nämlich nur an bestimmten Stellen. Und Oma weiß, wo die sind. Schließlich ist sie schon viele, viele Jahre in die Heidelbeeren gegangen.

Als sie endlich tief im Wald angekommen, sind Grete und Agnes ziemlich geschafft. Aber nachdem sie die ersten Heidelbeeren in den Mund gestopft haben, werden sie wieder etwas munterer. Nur: Ihr Eimer will sich nicht füllen… Grete merkt, dass Tante Annels sie von der Seite beobachtet. Nach einer Weile sagt diese schließlich in einem etwas hämischen Ton: „Ihr macht es aber nicht, wie es Aschenputtel gesagt hat! Ihr macht: Die guten ins Kröpfchen, die schlechten ins Töpfchen!" Obwohl das Tante Annels wohl nicht zum Spaß gesagt hat, müssen Grete und Agnes lachen, sie sind ja schließlich keine Täubchen. Aber sie wissen: Das sollte ein Wink mit dem Zaunpfahl sein. Da wollen sich Agnes und Grete nun auch ranhalten. Der erste Heißhunger ist jetzt ja auch gestillt.

Dass es Grete schon gut geschmeckt hat, sieht man an ihrem blauen Mund. Und die Finger sind auch ganz blau. Hoffentlich lässt sich das heute Abend abwaschen, sonst sieht morgen jeder in der Schule, dass sie in den Heidelbeeren war. Aber das wäre eigentlich auch nicht schlimm. Die anderen Kinder werden bestimmt auch mit in die Heidelbeeren gehen müssen, wenn nicht heute, dann in den nächsten Tagen.

Ängstlich sieht sich Grete beim Pflücken ab und zu um, ob sie sich nicht zu weit von den anderen entfernt hat. Schließlich geht jeder beim Pflücken seiner Wege, den Heidelbeerstöcken nach. Aber Oma ruft immer mal nach ihr, das beruhigt Grete. Und Tante Schneider hat schon öfter nach Agnes geschaut. Da wird es ihnen nicht wie Hänsel und Gretel gehen, die sich im Wald verirrten.

Grete und Agnes vergleichen immer mal, wer schon mehr Beeren im Eimer hat. Das spornt an. Schließlich will jeder Sieger sein. Aber noch haben beide ihr Eimerchen nicht gefüllt. Und beiden tut schon ein bisschen der Rücken weh. Grete sieht, dass sich auch die Erwachsenen immer mal strecken und die Hand auf den Rücken legen. Denen wird bestimmt der Rücken auch etwas weh tun. Aber Oma will sich sicher nichts anmerken lassen und will mit den jüngeren Frauen noch mithalten. Da müssen auch Grete und Agnes durchhalten, wenn es ihnen auch schwerfällt.

Als sie dann endlich die Eimer gefüllt haben und heimgehen, merkt Grete aber Oma doch an, wie sehr es sie angestrengt hat. Denn sie läuft ein bisschen gebeugt und geht schwerfälliger als auf dem Hinweg. Ja, allen fällt der lange Rückweg nicht so leicht. Da muss Grete daran denken, dass die Pferde auf dem Heimweg immer schneller als auf dem Hinweg laufen, das hat Grete jedenfalls schon erlebt. Bei den Menschen scheint es aber anders herum zu sein, zumindest dieses Mal.

Als Grete und Agnes etwas nachhängen, sagt Oma: „Morgen gibt es Heidelbeerkuchen!" Das muntert die beiden ein bisschen auf. Beim Gedanken an den leckeren Heidelbeerkuchen läuft Grete

schon etwas das Wasser im Mund zusammen. „Die anderen Beeren kochen wir ein, damit wir im Winter noch etwas haben", sagt Tante Annels. „Die schmecken doch auch so gut zu Grießbrei und Pfannkuchen". „Und einige Beeren wollen wir auch trocknen. Die kann man auch getrocknet essen – die sollen gut gegen Durchfall sein", ergänzt Oma noch. Dann hat sich ja die Mühe gelohnt, denkt Grete und schleppt sich und ihr Eimerchen weiter nach Hause.

Ja, eigentlich könnte sie in den nächsten Tagen noch einmal mit ihren Freundinnen zum Heidelbeersammeln in den Wald gehen. Jetzt kennt sie sich doch schon etwas aus. Oder vielleicht kann sie sich ein paar älteren Mädchen nochmals anschließen! Das wäre am besten. So ganz sicher weiß sie den Weg doch noch nicht.

Grete soll einkaufen

Grete sitzt gerade wieder einmal mit Agnes und Gudrun auf der Bank vor dem Ellerhaus – sie schmusen mit den Kätzchen. „Wie groß dein Mohrchen, dein Tigerchen und dein Rötchen schon geworden sind!", sagt Grete liebevoll zur Katzenmutter und krault die Winz unter dem Kinn. Das hat diese nämlich besonders gern. Ja, Grete erinnert sich noch, als die Winz eines Tages verschwunden war und erst nach ein paar Tagen mit ganz eingefallenem Bauch wieder in die Küche kam. Und Grete dachte, dass sie ganz ausgehungert sei und gab ihr schnell noch etwas von ihrer Kartoffelsuppe ab. Aber Oma meinte, dass sie Junge bekommen habe… Und es war so. Nach ein paar Tagen schleppte die Winz im Maul drei kleine Kätzchen an. Nun sind die kleinen Kätzchen schon ganz schön groß. Und zu niedlich! Das finden auch Agnes und Gudrun und streicheln die Kätzchen ganz zärtlich.

„Grete, geh mal schnell in den Kaufmannsladen und hole für fünf Pfennig Hefe!", hört Grete Oma nun aus der Küche rufen. „Ja!", antwortet Grete nur kurz etwas mürrisch, setzt die Winz nur ungern ab, folgt aber Omas Bitte. „Ich will doch heute Heidelbeerkuchen backen und habe keine Hefe mehr im Haus", sagt Oma und legt Grete ein Fünfpfennigstück auf den Tisch. Und nach kurzem Zögern legt sie noch einen roten Pfennig dazu. „Für den Pfennig kannst du dir noch einen Zuckerstein kaufen!" „Oh! Danke!", sagt Grete erfreut und greift schon nach der Türklinke. Im Rausgehen dreht sie sich aber nochmals um und sagt: „Agnes und Gudrun wollen bestimmt mitgehen!" „Na warte!", sagt Oma und macht nochmals ihren Geldbeutel auf. „Hier hast du noch zwei Pfennige, damit die beiden auch ein Bonbon bekommen!" „Oh, schön!", jubelt Grete. Und schon gehen sie alle drei zum Laden. In Vorfreude auf die Bonbons hüpfen sie eher als dass sie gehen.

Bei der Kaufmannsfrau ist Grete keine Unbekannte mehr. Schließlich war sie mit Oma schon öfter mal einkaufen gegangen. Beim ersten Mal hatten sie nur einen Hering und ein Päckchen Streichhölzer gekauft. Das weiß Grete noch genau, weil sie sich gewundert hatte, dass Oma so wenig kaufte. Aber Oma kauft ja nur das, was sie nicht selbst haben – im Garten, von den Tieren und auf dem Feld. Und sie haben fast alles selbst, nur Zucker und Salz und so weiter muss sie kaufen. Und was sie nicht selbst haben, das kommt nicht auf den Tisch. So sagte jedenfalls Oma. Trotzdem kaufte sie damals einen Hering, einen halben für Grete und die andere Hälfte für sich – damit sie außer Suppe mal etwas anderes auftischen konnte. Ja, als Grete vor Ostern kam, kochte Oma fast jeden Tag Suppe – Linsen-, Erbsen-, Kohlrüben- und Kartoffelsuppe. Erst später gab es auch mal grüne Soße oder Brennnesselgemüse. Und Pfingsten gab es den ersten grünen Salat, wie hatte sich Grete darauf gefreut. Aber jetzt im Sommer gibt es ja oft Salat zu essen.

Als Grete zuerst das Fünfpfennigstück auf den Ladentisch legt und sagen will: „Ich hätte gern…", fällt ihr die Frau ins Wort: „Für fünf Pfennig Hefe! Du sollst sicher Hefe holen! Die Oma will bestimmt Heidelbeerkuchen backen!" Nun ist Grete platt. Kann die Frau Gedanken erraten? Da Grete ganz verdattert dasteht, ergänzt die Frau: „An euren blauen Mündern und Fingern sehe ich, dass ihr in den Heidelbeeren wart!" Grete lacht ein bisschen verlegen. Und sie dachte schon…

Während die Frau von dem großen Hefestück eine dicke Scheibe abschneidet, will sie wissen, wen Grete da wohl mitgebracht hat. Agnes und Gudrun kennt sie nämlich noch nicht. Und da erzählt ihr Grete nur kurz, dass die aus Essen sind und nun bei Tante Annels im Haus wohnen. Alles Weitere wird die Frau schon wissen. Denn sie fragt schließlich nicht mehr nach.

„Und wir hätten gerne noch drei Bonbons", sagt Grete dann bestimmt und legt dabei die drei roten Pfennige auf den Ladentisch. Die Frau dreht nun das große Bonbonglas so um, dass die Öffnung zu Grete zeigt und sagt: „Da! Nehmt euch jeder ein Himbeerbonbon heraus!" Und das bedeutet Grete auch nochmals den zweien. Gudrun kann aber nicht ins Glas, das auf dem Ladentisch steht, fassen. Sie ist noch zu klein. Da reicht ihr Agnes ein Himbeerbonbon. Zuletzt greift auch Grete in das große Glas.

Schnell verabschieden sie sich und hüpfen vergnügt nach Hause. Beinahe hätte sich Gudrun beim Hüpfen verschluckt. Gott sei Dank aber nur beinahe. Wie gut ihnen das Himbeerbonbon schmeckt! Und Oma will nun auch noch Heidelbeerkuchen backen! Wie schön!

Heute beginnen die Sommerferien

Heute hat es Ferien gegeben – Sommerferien. Und die sind doch ganz schön lang. Grete hat sich darüber gar nicht so sehr gefreut. Schließlich geht sie gerne in die Schule. Tante Annels und Oma sind über die Ferien aber sehr froh. Die finden nämlich gut, dass dann Hans den ganzen Tag mitarbeiten kann und nicht zur Schule muss. In der Ernte gibt es schließlich sehr viel Arbeit. Und Oma meinte, dass dann auch Grete viel mithelfen könne. Grete weiß zwar noch nicht, was sie bei der Ernte alles tun kann und soll. Und sie weiß noch nicht, ob sie dann immer Lust zum Helfen hat. Aber mal sehen…

So hat sich Grete gleich heute nochmals mit Hilde und Anneliese zum Spielen verabredet. Vielleicht hat sie in der Erntezeit dann keine Zeit mehr dazu.

„Heute könnten wir doch mal ‚Blinde Kuh' spielen", schlägt Grete vor und läuft schon zum Ellerhaus, um von Oma ein Kopftuch zu holen. „Ja, das ist eine gute Idee!", ruft ihr Agnes noch hinterher. „Da können auch Gudrun und Sieglinde mitspielen!"

Hilde soll als Erste die „blinde Kuh" sein und Grete bindet ihr die Augen zu. Grete kontrolliert noch, ob Hilde auch wirklich nichts sieht und fuchtelt vor ihr mit den Händen herum. Ja, Hilde reagiert nicht darauf. So können sie sicher sein, dass Hilde nichts sieht.

Alle stellen sich irgendwo um Hilde herum auf. Anneliese schleicht sich mal zu Hilde heran, tippt sie an der Schulter an, zieht sich aber schnell wieder zurück. Hilde reagiert sofort und will sie fassen, aber Anneliese war schneller. Gudrun findet das lustig und lacht los. Jetzt hat Hilde etwas gehört und geht in diese Richtung. Ja, da kann sie Gudrun ertasten.

Nun ist Gudrun die blinde Kuh. Aber alle stellen sich nicht weit von ihr auf, so dass sie bald jemand erwischt hat. Nun ist Agnes an der Reihe…

Und dann spielen sie noch „Hänschen, piep einmal!". Aber das geht nicht so gut, weil man an der Größe schnell ertasten kann, welches „Hänschen" man vor sich hat.

Und es dauert auch nicht lange, bis Hilde wieder nach Hause muss. Die Ziegen warten doch auf sie. Und auf Grete warten die Gänse. Die wollen doch jeden Tag an die Schwalm geführt werden, damit sie ins Wasser können.

Ja, wie oft war Grete nun bereits Gänseliesel. Jetzt sind die kleinen Gänschen schon ganz schön groß geworden. Grete erinnert sich noch genau, wie die Gans im Gänsestall zwölf kleine Ginselchen ausgebrütet hatte und wie die kleinen ganz nackt und nass aus den Eiern gekrochen waren und dann von Tante Annels in die Küche geholt wurden und vor dem warmen Herd zum Trocknen in einen Karton gestellt wurden. Aber nur solange, bis die Gans alle Eier ausgebrütet hatte. Schließlich konnte dann die Gans ihre kleinen Ginselchen unter ihre warmen Fittiche nehmen. Und die hatten auch schon bald einen schönen Flaum.

Die Gänse sind Grete mittlerweile richtig ans Herz gewachsen. Wie schön findet sie, wenn die Gans, der Ganter – der Vater – und die Gänschen wie eine wirklich gute Familie immer einträchtig beieinanderbleiben. Auch wenn noch andere Gänse an und in der Schwalm sind, muss Grete ihre Schar nicht in den Augen behalten. Und wenn die Gänse so munter herumwatscheln und schließlich flott im Wasser drauflospaddeln, davonschwimmen, so wonnig dahingleiten, dann geht ihr das Herz auf. Auch wenn sie manchmal eigentlich erst keine Lust hat, die Gänse an die Schwalm zu führen.

Während die Gänse im Wasser sind, tummeln sich die Kinder auf der Wiese, und das finden auch Agnes und Gudrun schön. Deswegen gehen sie auch heute wieder gerne mit Grete und den Gänsen an die Schwalm. Und Anneliese geht mit Sieglinde heute auch mal mit. Nur Hilde muss ihre Ziegen auf die Weide führen. Aber vielleicht können sie sich doch bald wieder einmal zum Spielen treffen.

In der Schule werden Seidenraupen gezüchtet

Obwohl seit gestern Sommerferien sind, geht Hans mal in die Schule. Er hat nämlich in der ersten Ferienwoche Dienst – Dienst zum Füttern der Seidenraupen. Schließlich werden in der Schule Seidenraupen gezüchtet, und die müssen täglich gefüttert werden. Im Nebenraum des Klassenraumes stehen Kästen voller Raupen, das weiß Grete. Und Grete weiß auch, dass die großen Jungen die Raupen immer mit Maulbeerblättern füttern müssen.

Da möchte Grete mal mit Hans gehen. Sie weiß nämlich noch nicht, wo die speziellen Büsche stehen, von denen, und nur von denen, die Raupen die Blätter fressen. „Hier am Dorfrand hat man vor Jahren extra ein paar Maulbeerbüsche angepflanzt", sagt Hans, als sie bei den Büschen angekommen sind. „Die werden noch größer. In China und anderen Ländern gibt es davon ganz hohe Bäume." Grete ist schon oft an den Büschen vorbei gegangen, hat aber nicht gewusst, dass das die Maulbeerbüsche sind.

Als Hans ein Körbchen voll Blätter gepflückt hat und er mit Grete zur Schule geht, erzählt er Grete, wie wichtig diese Tätigkeit ist: „Die Raupen machen schließlich Seide. Und Deutschland braucht im Krieg doch viel Seide für die Fallschirme der Soldaten!" Und Hans will doch auch helfen, dass wir den Krieg gewinnen. Das weiß Grete, das hat er ihr schon öfters gesagt.

Als Hans den Deckel vom Kasten hebt, kann Grete zum ersten Mal die Raupen von Nahem sehen. Munter kriechen sie in dem Kasten herum. Wie sie sich immer aufwölben, um vorwärts zu kommen! Irgendwie hat Grete Raupen früher ein bisschen ekelig gefunden, aber wenn man genau hinsieht, sind es schon bewundernswerte kleine Tiere.

Zuerst kratzt Hans ganz vorsichtig den Kot der Raupen auf dem Boden zusammen und entfernt diesen. Dann gibt er frische Blätter in den Kasten. „Nach über einem Monat hören die Raupen auf zu fressen und verpuppen sich", erklärt Hans und wendet sich dem zweiten Kasten zu. „Lehrer Stöcklein legt dann ein Gitter auf den

Kasten und die Raupen krabbeln nach oben und hängen sich an das Gitter und spinnen sich ein. In ein paar Tagen haben sie sich rundherum ganz dick mit einem dünnen Faden eingewickelt – das ist der Seidenfaden, den wir brauchen, und der Faden von einer Raupe ist fast einen Kilometer lang." Grete schaut Hans erstaunt, fast ein bisschen ungläubig an. „Ja, das kannst du mir glauben! Und der Seidenfaden ist ganz leicht, aber trotzdem fest", ergänzt Hans noch und geht zum dritten Kasten. „So einen Faden könnte kein Mensch machen, das ist schon wundersam, was die kleinen Tiere können", sagt Grete voller Staunen. „Und das Besondere ist noch, dass sich die Tiere immer wieder verwandeln – aus einem Ei schlüpft eine Raupe, die Raupe verpuppt sich und aus der Puppe kriecht dann ein Schmetterling. Und der Schmetterling legt dann wieder Eier und dann geht alles von vorne los!", erläutert Hans noch und dabei hat er mit Arbeiten aufgehört und sieht Grete an. Grete bemerkt, dass ihr der Mund offenstehen geblieben ist. „Wie schön! Das ist wie ein Wunder!", sagt sie ganz berührt. „Wir schicken aber die Puppen, den so genannten Kokon, weg", erklärt Hans weiter. „In einer Fabrik wird dann der Kokon erhitzt, die Larve tot gemacht und der Faden abgewickelt." „Dann gibt es ja keinen neuen Schmetterling mehr!", platzt Grete heraus. „Ja! Aber ein Seidenspinner-Schmetterling legt ein paar hundert Eier, und die bekommen wir für unsere Seidenraupenzucht geschickt", beruhigt sie Hans. Grete findet das trotzdem nicht gut.

Viele Leute lassen sich eine Bluse aus Seide machen oder kaufen einen Seidenschal, einfach weil sie es schön, ja besonders schick, finden. Das wird Grete nicht tun, auch wenn sie das Geld dazu hätte. Sie wird sich nichts aus Seide zulegen, das nimmt sie sich jedenfalls nun vor. Schließlich weiß sie jetzt, wie wundersam Seide entsteht und dass dafür Tiere sterben müssen beziehungsweise sich nicht mehr verwandeln können.

Vor der Ernte muss nochmals gewaschen werden

„Vor der Ernte muss die Wäsche doch unbedingt nochmals gewaschen werden", sagt Tante Annels, als sie einen großen Berg Wäsche in Weiß- und Buntwäsche sortiert. „Sonst werden wir nichts Sauberes mehr zum Anziehen haben." Das denkt auch Grete und legt noch einen Armvoll dazu – die Wäsche von Oma und ihr. Da kommt schon einiges zusammen. Schließlich waschen sie alle ihre Wäsche zusammen. Und sie haben nach der Heuernte vor vier Wochen das letzte Mal gewaschen.

Auch die Wäsche von Tante, Oma und Opa Schneider und auch von Agnes und Gudrun wird mitgewaschen. Aber Tante Schneider hilft ja auch mit, und Oma auch. Und auch das bisschen Wäsche von Franciszek wird mitgewaschen. Er hilft aber auch dabei und trägt mit Hans vom Brunnen Wasser in Eimern in die Waschküche. Dann brauchen sie kein Geld für das Wasser aus der Wasserleitung auszugeben. Und so waschen sie wie vor zehn Jahren, als es im Dorf noch keine Wasserleitung gab und alle Leute das ganze Wasser aus dem Brunnen holen mussten. Ja, alles nötige Wasser, auch das zum Tränken der Tiere, musste früher aus dem Brunnen geholt werden, auch das zum Kochen und so weiter und so fort.

Tante Schneider hatte in Essen schon eine Waschmaschine. Gretes Mama hatte in Kassel auch so eine Maschine. Die stand im Keller, und die wurde von allen Familien im Haus genutzt. Bei dieser Waschmaschine musste man an einer Kurbel drehen, und dann wurde die Wäsche hin- und herbewegt. Daran erinnert sich Grete. Aber Tante Annels hat so eine Maschine noch nicht. Und so müssen sie alles mit der Hand waschen.

Grete weiß, dass die Weißwäsche über Nacht im Kessel eingeweicht wird und morgens schon etwas die Schmutzstellen abgeribbelt werden. Und dann wird die Weißwäsche im Kessel gekocht und danach nochmals mit der Bürste auf dem Waschbrett ausgebürstet. Nach dem Ausspülen wird dann die Weißwäsche im Garten auf das Gras gelegt, damit sie bleicht – noch weißer wird. Und da wird dann Grete wieder aufpassen müssen, dass die Wäsche nicht trocken wird. Die Wäsche bleicht nämlich nur, wenn sie feucht ist und die Sonne darauf scheint. Die Wäsche immer mal nass gießen, das macht Grete gerne, das ist eine schöne Aufgabe. Zumal wenn ihr Agnes und Gudrun dabei Gesellschaft leisten. Und das werden sie bestimmt. Und dann könnte Grete zum Zeitvertreib wieder ein Blumenkränzchen flechten.

Beim letzten Mal hatte sie doch schon mal für Agnes und Gudrun ein Blumenkränzchen gemacht. Und wie haben die sich darüber gefreut! Gudrun kam sich damals wie eine kleine Prinzessin vor, stolzierte im Garten umher und hat sich stolz mit dem Kränzchen auch ihrer Mutter und den anderen gezeigt.

Ja, sie werden doch solange bei der Wäsche bleiben und diese nass halten müssen, wie die Sonne hoch am Himmel steht. In dieser Zeit werden sie bestimmt für jeden ein Kränzchen flechten können. Erst wenn die Sonne hinter der Scheune verschwindet, können sie sich verziehen. Dann wird Grete vielleicht wieder ein bisschen ein ungutes Gefühl haben, die Wäsche einfach unbeaufsichtigt zu lassen. Vielleicht stielt jemand über Nacht etwas, so dachte sie das jedenfalls beim ersten Mal. Es gibt doch viele arme Leute. Aber vielleicht holt sich auch ein reicher Mensch etwas, weil er denkt, dass er doch noch nicht genug hat. Wer weiß! Aber Oma meinte, dass noch nie etwas weggekommen sei.

Schließlich wird erst am nächsten Tag die Wäsche nochmals ausgespült und dann auf die Leine gehängt. Und das werden sie bestimmt wieder ganz geordnet machen – Hosen neben Hosen, Hemden neben Hemden und so weiter und so fort. Und das wird wieder lustig aussehen, wenn Omas große Hose neben Gretes kleiner Unterhose auf der Leine hängt. Das findet jedenfalls Grete, Oma denkt sich aber nichts dabei.

Und wenn Oma mit Tante Annels die großen Betttücher zur Wurst zusammendreht und sie so auswringen, vielleicht schimpft dann Oma wieder, dass Tante Annels nicht so fest drehen soll. Schließlich ist die stärker. Aber richtig bös wurde Oma schon einmal erst, als sie danach das verknitterte Betttuch wieder glatt zupfen wollten und immer an den Ecken zogen – abwechselnd kam jeder mal mit Ziehen daran. Grete fand das aber lustig, weil das fast so aussah, als ob sie sich um das Betttuch streiten. Und einmal zog Tante Annels so fest, dass das große Tuch Oma aus der Hand flutschte. Da schimpfte Oma aber los. Grete hätte lachen können, verbiss es sich aber tunlichst.

Jetzt könnte ja Tante Annels zusammen mit Tante Schneider die Wäsche auswringen und aufhängen. Die ist schließlich stärker als Oma. Na mal sehen, denkt Grete. Aber Oma will immer noch bei vielen Arbeiten mithelfen. Manches macht sie eben mit Tante Annels zusammen, anderes lieber allein, macht jeder für sich. So auch das Bügeln der Wäsche.

Aber erst müssen sie auch noch die Buntwäsche waschen. Bei der großen Wäsche gibt es schon viel Arbeit. Wenn die Ernte eingebracht ist, dann werden sie wieder waschen müssen. Bis dahin wird sich wieder ein großer Berg schmutziger Wäsche angesammelt haben.

Grete badet in der Schwalm

Als Grete gestern wieder mit den Gänsen an der Schwalm war, hat sie gesehen, dass auch Kinder in der Schwalm planschten. Gerade an der Stelle, wo die Gänse zum Baden gehen, tummelten sie sich. Da kann man nämlich gut ins Wasser gehen, da fällt die Böschung flach ab. Vorsichtig ging Grete auch mal ins kühle Nass, aber nur mit den Füßen. Schließlich sollte ihr Kleidchen nicht nass werden. Oh, wie gut tat das kühle Wasser! Seit einigen Tagen ist es nämlich sehr warm, ja heiß.

Wenn sie nur einen Badeanzug hätte, dachte Grete. Den hat Mama aber bestimmt in Kassel gelassen und nicht eingepackt. Sicher meinte Mama, dass sie den in Schwalmdorf nicht brauche. In Kassel hatte Grete jedenfalls schon öfter im „Städtischen Flussbad" in der Fulda geplanscht und Schwimmübungen gemacht, und da hatte ihr Mama einen Badeanzug gekauft.

Ein Mädchen aus der 4. Klasse, die Christa, war mit ihrer Unterhose und ihrem Unterhemd im Wasser. Und von den Jungen hatten einige auch ihre Unterhose an. Da könnte Grete doch eigentlich auch in der Unterwäsche ins Wasser gehen. So dachte sie jedenfalls gestern. Hoffentlich erlaubt ihr das die Oma, bangte Grete.

Ja! Oma hat es erlaubt. Und Agnes darf auch mit. Und Gudrun quengelte so lange, bis sie auch mitdarf – nur: Grete soll gut auf sie aufpassen. Hoffentlich vergisst sie das nicht, wenn sie im Wasser ist und selbst ihren Spaß haben möchte, denkt Grete. Und so gehen alle drei mit den Gänsen zur Schwalm, barfuß natürlich und mit einem Handtuch unter dem Arm.

Schon von Weitem hören sie ein Gejohle und Gekreische. Da müssen heute viele Kinder, mehr als gestern, an und in der Schwalm sein. Hoffentlich sind auch Hilde und Anneliese da! Das wäre schön. Ja, sie sind da! Und sie haben sich gar nicht abgesprochen. In den Ferien sehen sie sich ja nur selten.

Zuerst schafft Grete den Gänsen eine Bahn ins Wasser und schon schwimmen diese flussabwärts davon, anderen Gänsen hinterher. Schnell legen Grete, Agnes und Gudrun ihre Kleider ab und gehen vorsichtig auch in das kühle Nass, langsam immer etwas tiefer. Gudrun traut sich nur ein bisschen mit den Füßen ins Wasser. Das ist gut, denkt Grete. Dann muss sie Gudrun nicht im Auge behalten.

Schon werden Grete und Agnes von anderen nass gespritzt. Das ist anfangs etwas unangenehm, aber bald haben sie sich abgekühlt und tauchen auch den Oberkörper ein. Grete will aufpassen, dass ihre Haare nicht nass werden. Oma hatte ihr extra die Zöpfe auf dem Kopf zum Kranz gelegt. Aber den großen Jungen ist das egal. Diese spritzen die Mädchen extra voll. Und haben umso mehr Spaß, wenn die Mädchen das eigentlich nicht wollen und loskreischen.

Da die Schwalm nicht so tief ist – das Wasser geht Grete an der tiefsten Stelle nur bis über die Oberschenkel – können sie nicht untergehen. Eigentlich gut, aber auch wieder nicht gut. Dann kann Grete gar nicht richtig schwimmen üben. Und sie möchte doch so gern bald Schwimmen können. Wenn sie sich etwas auf das Wasser legt und mit den Beinen zum Schwimmen ansetzt, dann kommt sie gleich mit den Füßen wieder auf den Grund. Schade!

Trotzdem macht es ihr viel Spaß, mit den anderen Kindern im Wasser herumzuplantschen. Und Agnes hat auch ihren Spaß. Nur Gudrun hat sich schon wieder auf die Wiese verzogen.

Und die Gänse hat Grete ganz aus dem Blick verloren. Aber die werden schon wieder zurückkommen. Sie sind jedenfalls immer zurückgekommen. Aber vielleicht trauen sie sich nun nicht wieder hierher, weil so viele Kinder im Wasser sind. Da ruft Grete mit „wulle, wulle" nach ihnen. Hoffentlich erkennen sie ihre Stimme! Ja! Aus der großen Gänseschar, die flussabwärts im Wasser paddelt, macht eine Gruppe kehrt. Das könnten ihre sein. Hoffentlich! Grete kann schließlich aufatmen. Damit sich die Gänse näher heran-

trauen und aus dem Wasser watscheln können, bittet Grete die Kinder, etwas zur Seite zu gehen. Und das machen sie auch. Schließlich haben mehrere Kinder ihre Gänse dabei und haben so dafür Verständnis.

Nun gehen auch Agnes und Grete aus dem Wasser, trocknen sich schnell ein bisschen ab und ziehen ihre Kleidchen über. „Ach, das war schön!", sagt Agnes, als sie sich auf den Heimweg machen und nochmals den anderen Kindern kurz zum Abschied winken. „Wir könnten doch jeden Tag mal in der Schwalm baden gehen!", sagt Grete. „Mit den Gänsen muss ich doch sowieso dorthin." „Hoffentlich bleibt es noch ein paar Tage so heiß!", sagt Agnes und nimmt Gudrun an die Hand. „Ich glaube schon!", meint Grete. „Der Sommer ist doch noch lange nicht vorbei!" Wie schön!

Das Brot muss wieder gebacken werden

„Noch vor der Ernte muss auch nochmals Brot gebacken werden!", sagte Tante Annels, als sie nach dem Waschen die Wäsche bügelte. „Und zwar 15 Laibe, und dann haben wir wieder für vier Wochen Brot zu essen." Vier Laibe bekommt Oma für sich – das steht so geschrieben, das haben sie so festgelegt, als Opa und Oma den Hof an ihren Sohn Hannjerr und Schwiegertochter Annels übergeben haben und dann ins Ellerhäuschen gezogen sind. Das weiß Grete. Die anderen Brote backt Tante Annels für sich, Hans, Fanciszek und die Schneiders. Das Brotbacken machen sie wie das Waschen wieder alle zusammen.

Im großen Dorfbackofen wollen, ja müssen aber noch mehr, ja alle Familien vom Dorf ihr Brot backen. Deswegen muss man sich zum Backen absprechen. Sonst kämen auf einmal viele Frauen mit ihren ungebackenen Laiben zum Backhaus. Und dann würden die Laibe nicht alle auf einmal in den Ofen passen. Das wäre doch dumm.

So treffen sich die Frauen immer samstags beim Mittagsläuten und verlosen die Backtermine. Schließlich möchte keiner frühmorgens als Erster backen. Da müsste man nämlich mitten in der Nacht den Teig vorbereiten und außerdem braucht man bei der ersten Reihe mehr Holz. Dann ist nämlich der Ofen über Nacht stark ausgekühlt, stärker als ob man in der zweiten Reihe backen kann. Ja, deswegen wollen alle möglichst in der zweiten oder dritten Reihe backen, aber das geht ja nicht. Einer muss eben anfangen und in den sauren Apfel beißen. So hat das jedenfalls Oma schon mal erzählt.

Dieses Mal hatte Tante Annels wieder Glück beim Losen und hat die dritte Reihe gezogen. Deswegen müssen sie erst gegen Mittag das Brot in den Ofen schießen. Und so konnte Tante Annels morgens erst noch die Kühe melken und dann erst den Brotteig vorbereiten. Angesäuert hat sie aber am Abend zuvor, noch ganz spät abends vor dem Schlafengehen.

„Heute gibt es keine Mittagssuppe, heute essen wir ‚Platz' zu Mittag", sagte Oma schon morgens zu Grete. Das ist Grete sehr recht.

Denn Grete weiß, dass Oma mit dem „Platz" den leckeren Brotkuchen meint – manchmal sagt sie auch „sauren Kuchen" dazu.

Als sie beim ersten Mal Oma Kartoffelbrei auf den Brotteig, den sie auf dem Kuchenblech ausgebreitet hatte, verteilen sah, da frug sich Grete, ob das denn schmecken könne… Und wie gut schmeckte ihr das! Und so freut sie sich nun schon wieder auf den Brotkuchen.

Und auch auf das frische Brot freut sie sich. Das schmeckt schließlich besser als altbackenes. Dann wird Grete wieder das Knüstchen essen, das mag sie besonders gern. Oma meinte dazu beim letzten Mal nur, dass Grete ja auch noch bessere Zähne habe… Ja, das stimmt. Besonders wenn das Brot ein bisschen altbacken ist, dann taucht Oma das Brot, vor allem die Rinde, beim Essen immer vorher ein bisschen in den Kaffee oder Tee. Schließlich hat Oma schon viele Zahnlücken und kann nicht mehr so gut zubeißen.

Das werden auch Oma und Opa Schneider so machen. Denn die haben auch schon einige Zahnlücken. Alle alten Leute werden vorher das Brot eintunken. Schließlich haben die fast alle Zahnlücken, manche haben sogar gar keine Zähne mehr im Mund. Die müssen dann das Essen, besonders das Fleisch, vor dem Essen mit dem Messer ganz klein schneiden. Und ihre Kiefer werden schon ganz hart sein, und damit können sie auch noch ein bisschen kauen.

Oma und Opa Schneider, ja alle werden sich jedenfalls bestimmt schon auf das frische Brot freuen. Und vielleicht bekommt Agnes auch das Knüstchen. Vielleicht teilt das Tante Annels aber auch Franciszek zu. Wer weiß! Vielleicht denkt die, dass die Rinde nicht so gut ist und gibt es Franciszek. Bei altbackenem Brot ist das schließlich auch so, aber bei frischem Brot wird es auch Franciszek schmecken. Grete kann jedenfalls nun kaum abwarten, bis der Brotkuchen und das frische Brot gebacken sind, wieder einmal gebacken sind.

Die Ernte beginnt

Als Grete vor Wochen mit Oma wieder ihren Sonntagsspaziergang machte, sind sie nicht nur wie immer auf den Friedhof zum Grab von Opa gegangen, sondern haben auch noch extra einen weiten Gang durch die Felder gemacht. Oma wollte nämlich wieder einmal sehen, wie die Frucht wächst und gedeiht. „Wenn der Wind so über die Felder streicht und sich die Ähren im Wind wiegen und biegen, sieht das wie ein goldenes Meer aus!", so beschrieb es Oma damals. Das hat Grete noch im Ohr. Ja, das sah wirklich schön aus, wie sich die Ähren so wellenförmig im Wind wiegten. Besonders schön sah das bei der Wintergerste aus. Oma hat ihr nämlich damals auch die unterschiedlichen Getreidearten gezeigt und erklärt – Gerste, Roggen, Weizen und Hafer. „Die Wintergerste ist schon ein bisschen gelb", meinte Oma. „Die ist zuerst reif, die werden wir bald abmähen können."

Nun ist es so weit. Nun beginnt die Ernte. Hans und Tante Annels sind schon seit ein paar Tagen in Aufruhr und Geschäftigkeit. Schließlich heißt es jetzt, sich zu rüsten. Denn es muss erst alles wieder in Gang kommen und für die Ernte vorbereitet werden. Der Selbstbinder, mit dem sie das Getreide abmähen wollen, muss überprüft werden. Und so weiter und so fort. Und mit einem kleineren Bauern im Dorf, der nur ein Pferd hat, haben sie wieder abgesprochen, dass sie zum Abmähen sein Pferd ausleihen können und dass sie dafür dem Bauern auch das Getreide abmähen wollen. Schließlich ist die Maschine, der Selbstbinder, so schwer, dass ihn zwei Pferde nur schwerlich ziehen können. Das hat Oma Grete erklärt und hat ihr auch erzählt, welch große Arbeitserleichterung die Maschine gebracht hat. Früher, als Oma noch jung war, mussten die Männer das Getreide nämlich noch mit der Sense abmähen, und die Frauen haben es dann zu Garben gebunden. Das alles macht die Maschine auf einmal – diese mäht die Ähren ab und bindet sie gleich zu Garben. Die kleineren Bauern haben aber noch keinen Selbstbinder, die haben ja auch keine Pferde zum Ziehen. Onkel Hannjerr hat einen Selbstbinder vor etwa zehn Jahren gekauft, und da wurde die Ernte leichter. Aber es gibt immer noch genug Arbeit.

Gut, dass Ferien sind, dann kann Hans den ganzen Tag arbeiten. Schon am späten Vormittag hat er die drei Pferde vor den Selbstbinder gespannt und fährt mit Franciszek auf das Feld. „Die wollen schon abmähen, damit wir dann nach dem Mittagessen die Garben in Haufen aufstellen können", sagt Oma und sieht den beiden nach.

Als Grete schließlich mit Oma, Tante Annels, Tante und Opa Schneider auch auf das Feld geht, sieht sie erst einmal eine Weile dem Abmähen des Getreides zu. Hans lenkt die Pferde und Franciszek sitzt hinten auf dem Selbstbinder und stellt den richtig ein, reguliert den immer etwas. Das sieht schon ein bisschen kompliziert aus, wie die Maschine eine Garbe nach der anderen zusammenbindet und abwirft.

Bald ruft Tante Annels nach Grete: „Komm, du kannst uns helfen!" Beim Aufstellen der Garben zu Haufen stellt nämlich immer zuerst einer eine Garbe in die Mitte, und die soll Grete festhalten, damit diese nicht umfällt. Dann kommt der nächste mit zwei Garben und stellt diese schräg dagegen. Aber so stehen die Garben immer noch ein bisschen wackelig und müssen möglichst noch festgehalten werden. Erst wenn der nächste noch kreuzförmig versetzt zwei Garben gegen die mittlere dazu stellt, dann stehen sie fest. Dann liegen die Garben mit den Ähren gegeneinander und geben sich gegenseitig Halt. In die Lücken werden danach nochmals Garben schräg gestellt, so dass der Haufen schließlich richtig fest steht. In dieser Weise machen sie es bei einem Haufen nach dem anderen – damit die Ähren gut trocknen können.

Gretes Arme sind bald von den Grannen der Ähren ziemlich zerkratzt. Jetzt weiß Grete auch, warum sich Oma und Tante Annels so anders als sonst angezogen haben. Oma hat doch gestern extra ihre Erntetracht aus der Truhe geholt. Und dazu gehört eine weiße Leinenschürze und ein langärmeliges Mieder, das schützt die Arme vor den Grannen. Und Oma und Tante Annels haben auch ihre Beine in eine ganz feste Hülle eingepackt. „Die Gamaschen schützen die Beine, da piksen einen die Stoppeln nicht", sagt Oma, als sich Grete über ihre verkratzten Beine beklagt. Auch die nackten Beine von Tante Schneider sind von Stoppeln unten schon blutig verkratzt.

Opa Schneider hat auch Gamaschen an. Die sind wohl noch von Opa Jakob. Opa Schneider zieht überhaupt vieles von Opa Jakob an, das hat ihm Oma gegeben. Schließlich sind ihm seine Anziehsachen verbrannt, als eine Bombe auf das Haus in Essen fiel. Jetzt sieht Opa Schneider fast wie ein richtiger Schwälmer aus.

Als sie eine Reihe Haufen aufgestellt haben, sagt Tante Annels, dass sie mal eine Pause machen wollen. Endlich, denkt Grete. Tante Annels holt unter dem ersten Haufen eine Holzkanne hervor. Diese hatte sie dort in den Schatten gestellt. „In der Gilb, so heißt bei uns die Holzkanne, bleibt das Wasser schön kühl", sagt Oma zu Tante und Opa Schneider als Tante Annels jedem eine Tasse voll Wasser einschenkt. Auch Hans und Franciszek machen mal Pause. Da werden sich sicher die Pferde freuen. Aber die bekommen nichts zu saufen, obwohl die bestimmt auch Durst haben und ganz geschwitzt sind. Schließlich ist es heute recht heiß. „Das Wasser habe ich extra aus dem Brunnen geholt", sagt Tante Annels, als Tante Schneider meint, dass das Wasser wirklich noch richtig kühl sei. „Und ich habe ein Stückchen Brotrinde hineingelegt, dann bleibt das Wasser schön frisch", ergänzt Tante Annels noch. „Ja, das haben die Leute auch früher schon gemacht!", bestätigt Oma. „Wer weiß, wer das mal herausgefunden hat!"

Grete hat jedenfalls wieder etwas dazu gelernt. Vielleicht kann sie den Kniff, wie man Wasser frisch halten kann, auch mal jemandem weitersagen. In der Stadt werden das die Leute doch nicht wissen. Tante und Opa Schneider gucken jedenfalls etwas erstaunt und haben das wohl noch nicht gewusst.

Ja, Grete erlebt und lernt fast täglich etwas Neues bei Oma. In Schwalmdorf ist es jedenfalls ein ganz anderes Leben als in Kassel. Manchmal aber auch ein anstrengenderes, findet Grete und atmet tief durch. Heute wäre Grete jedenfalls gerne in Kassel gewesen, anstatt in der heißen Sonne bei der Ernte zu helfen.

Aber wenn alle arbeiten, kann sie sich nicht drücken. Und das will sie auch nicht. Und so heißt es durchzuhalten, wenn es ihr auch schwerfällt. Vor allem die Sonne macht ihr zu schaffen. So sehr hat sie sich jedenfalls noch nie gewünscht, dass bald die Abendglocke läutet. Das Geläut der Glocke, das man bis im Feld hört, ist doch ein Zeichen, dass man die Arbeit beenden soll bzw. sollte. Aber heute hält sich Tante Annels nicht an das Glockenzeichen…

Grete hat einen Heimwehkoller

Ja, heute wollte Tante Annels erst noch die Frucht vom ganzen Feld fertig abmähen und aufstellen. Und so musste auch Grete durchhalten, obwohl es ihr ganz, ganz schwerfiel. Und so ließ sie sich, als sie endlich nach Hause gegangen waren, gleich ins Bett fallen. Sie war sehr kaputt. Die Hitze hat ihr mehr zu schaffen gemacht, als das Festhalten der Garben. Die Sonne brannte so unerbittlich auf ihren Kopf. „Jetzt weißt du auch, warum wir bei der Ernte so ein großes weißes Kopftuch umbinden!", hatte Oma gesagt und rückte das Tuch zurecht, damit es auf die Stirn Schatten warf und auch den Nacken bedeckte. „Die Haube verhindert, dass wir einen Sonnenstich bekommen!" Ja, Tante Annels hatte das Tuch genauso umgebunden wie Oma. Und Tante Schneider hatte auch ein weißes Kopftuch umgebunden, das hat ihr bestimmt Tante Annels geborgt. Aber die hatte es etwas anders getragen. Und die Männer hatten einen Strohhut aufgesetzt. Nur Grete hatte nichts auf dem Kopf – sie wollte kein Kopftuch aufsetzen. Und jetzt hat sie bestimmt einen Sonnenstich. Ihr ist nämlich ein bisschen schlecht. So ist sie heute früh ins Bett gegangen. Aber sie weiß gar nicht, wie sie sich am besten legen soll – überall hat sie Sonnenbrand. Die Arme, die Beine, der Nacken und das Gesicht sind knallrot. Sie glüht wie eine Glühbirne.

Und außerdem: Heute hat sie mal wieder einen richtigen Heimwehkoller nach Kassel. Irgendwie war sie heute mal wieder in Gedanken in Kassel. Bei so einer Hitze ist sie in Kassel mit Ingrid, Gerlinde und Inge in das Städtische Flussbad gegangen und da haben sie in der Fulda geplanscht und Schwimmübungen gemacht. Das hat ein bisschen abgekühlt. Wie gerne hätte sie das heute auch getan!

Oder sie hat sich bei Hitze beim Eismann ein Eis geholt. Wenn der an der Straßenecke mit seinem Eiskarren stand und mit seiner kleinen Glocke bimmelte, dann hat sie schnell aus ihrer Sparbüchse fünf Pfennig genommen und hat sich ein Schiffchen Schokoladeneis genehmigt. Ja, das war etwas ganz besonders Leckeres. Das konnte sie aber nur drei, viermal im Sommer tun. Schließlich hatte sie in einem Monat nur dreißig Pfennig Taschengeld von ihrer Mutter bekommen, und das ganze Geld wollte sie ja nicht für Eis ausgeben. Mama meinte doch auch, dass sie die paar Groschen lieber zusammenhalten, sparen und für etwas Wichtigeres aufheben sollte. Trotzdem: ein paarmal hat sie sich ein Eis gegönnt.

Aber im Krieg kam der Eismann nicht mehr, da gab es kein Eis mehr. Ja, da war alles nicht mehr so schön in Kassel. Aber vorher! Wie besonders schön war doch vor dem Krieg, wenn sie zum Eisschlecken mit ihren Eltern mal in die Karlsaue gegangen war. Dann hatten sie sich auf eine Bank im Schatten eines großen Baumes gesetzt und genüsslich das Eis geschleckt… Ach, daran mochte sie gar nicht denken, aber die Gedanken kamen ihr doch, und kommen ihr schon wieder. Wie schön war es doch in Kassel, als Papa und Mama noch da waren! Oh Mama! Oh Papa!

Ja, wie sehnte sie sich heute nach Kassel zurück. Aber wer weiß, wie es jetzt in Kassel ist! Das Leben in Kassel mit ihren Eltern, das sie so sehr mochte, gibt es doch nicht mehr. Und ihre Freundinnen sind doch auch nicht mehr dort. Jedenfalls glaubt das Grete. Schließlich hat sie nichts von ihnen gehört, und Grete hatte doch an Ingrid geschrieben… Und mit den Bomben wurde es immer schlimmer. Oft gab es nachts Fliegeralarm und sie mussten in den Keller flüchten. Und wenn kein Fliegeralarm kam, dann schlief sie aus Angst nicht, dass vielleicht doch noch Flieger kommen und Bomben abwerfen könnten. Das Leben in Kassel war zuletzt kaum noch zu ertragen.

Und so war sie dann eigentlich sehr froh, dass sie bei der Oma sein konnte. Und wie gut gefiel ihr schließlich das Leben auf dem Lande, obwohl sie anfangs doch sehr skeptisch war. Da muss man eben auch mal Schattenseiten hinnehmen. Ja, ein bisschen Schatten hatte sie sich heute schon gewünscht, der hätte ihr heute gut getan. Da werden vielleicht auch die Schattenseiten ihr Gutes haben. Wahrscheinlich!

Die Annemarie wurde abgeholt

Oma geht in der Küche auf und ab und stöhnt laut dabei. Bleibt stehen, holt tief Luft und stammelt leise beim Ausatmen: „So was Schlimmes! So was Schlimmes!" Dabei schüttelt sie heftig mit dem Kopf. Dann geht sie wieder ein paar Schritte, zieht wieder laut nach Luft und presst erneut heraus: „So was Schlimmes!"

So erregt hat Grete ihre Oma noch nie erlebt. Grete ist ganz ratlos. „Oma! Was ist passiert?" Grete fasst Oma am Arm. Oma stammelt nur immer wieder: „So was Schlimmes!" Grete fleht nochmals: „Sag doch, Oma, was passiert ist!" Schließlich setzt sich Oma ganz erschlagen auf einen Stuhl und bittet: „Gib mir ein Glas Wasser!" Schnell stellt ihr Grete dies hin und Oma trinkt es auf einmal aus.

Oma atmet noch immer tief ein und stößt dann ruckartig die Luft wieder aus. Dabei stöhnt sie laut.

Allmählich wird der Atem etwas ruhiger. Oma lässt ihren Kopf auf den Tisch fallen, gut dass ihr Arm auf dem Tisch lag! Grete streichelt sie auf der Schulter: „Oma, sag doch!" Aber Oma sagt nichts.

Endlich hebt sie wieder etwas ihren Kopf und sagt vor sich hin ins Leere: „Jetzt haben sie das Mädchen auch noch abgeholt!" Welches Mädchen? Grete versteht nicht, was Oma meint. „Welches Mädchen?", fragt Grete deshalb. Nach einer Weile presst Oma schließlich heraus: „Die Annemarie!" Ja, die Annemarie kennt Grete. Die hat sie schon öfters sonntags beim Spazierengehen getroffen. Dann ist die Annemarie auch mit ihrer Mutter spazieren gegangen. Die Annemarie sah etwas anders aus als andere Mädchen. Die hatte ein bisschen Schlitzaugen, lief ein bisschen tapsig und sprach auch ein bisschen seltsam. Das fiel Grete auf. Da erklärte ihr Oma, dass Annemarie etwas behindert sei und auch nicht so gut denken könne. Deswegen hat Grete Annemarie auch noch nie in der Schule gesehen, obwohl sie größer als Grete ist. Aber irgendwie konnte Annemarie so herzlich lachen, sich über alles Mögliche freuen. Grete sieht noch vor sich, wie Annemarie einem Schmetterling nachging und sich diesen immer wieder genau, ja bewundernd an-

sah. Sie konnte sich über den Schmetterling so richtig freuen und sah ihm lange nach, wie er von Blüte zu Blüte flog. Und dann umarmte sie vor lauter Glück ihre Mutter ganz innig.

„Wenn die Herren nur daran denken würden, dass sie sich nicht selbst gemacht haben!", sagt Oma vorwurfsvoll. „Keiner kann etwas dafür, braucht sich etwas darauf einzubilden, wenn er gesund, klug und schön ist." Grete weiß nicht, was sie dazu sagen soll. Sie bildet sich doch nichts ein. Aber welche Herren denken nicht daran? „Unser Leben ist doch ein Geschenk!", sagt Oma weiter und sieht dabei Grete an. „Das Leben ist etwas ganz Wundersames!" Grete ist ganz betroffen und nickt nur mit dem Kopf. „Jeder war mal so klein wie ein Sandkorn. Jeder!" sagt Oma weiter. „Und in dem kleinen Körnchen ist schon festgelegt, wie man später aussieht. Ob man groß oder klein ist, welche Haarfarbe man hat. Alles ist schon festgelegt." Das hat Grete noch nicht gewusst. Darüber hat sie jedenfalls noch nicht nachgedacht. „Und bei Annemarie war das von Anfang an nicht ganz in Ordnung, nicht ganz gesund", ergänzt Oma und holt wieder tief Luft. „Aber weder Annemarie noch ihre Mutter können etwas dafür!" „Die arme Annemarie!", bringt Grete nur heraus.

Oma stöhnt wieder laut auf: „Und jetzt haben sie sie abgeholt!" Wer hat sie abgeholt? Wohin? Grete ist so betroffen, dass sie nichts, kein Wort herausbringt. Da fällt ihr ein, dass sie gestern so einen seltsamen grauen Omnibus im Dorf gesehen hat. Bei dem waren die Vorhänge an den Fenstern zu. Und da hat sich Grete noch gewundert, was das wohl für ein Bus sei. „Gestern haben sie die Annemarie von der Mutter weggeholt und in die Anstalt gebracht!", sagt Oma und holt wieder tief Luft. „Und die Annemarie wollte doch bestimmt bei ihrer Mutter bleiben. Und die Mutter wollte doch bestimmt ihr Kind behalten!" Oma stöhnt laut auf. „So was Schlimmes!" sagt sie nochmals leise vor sich hin und schüttelt mit dem Kopf. Ja, so was Schlimmes! Das denkt auch Grete. „Die Mutter hat doch bestimmt ihr Kind lieb, wenn die Annemarie auch etwas behindert ist!", bringt Grete schließlich nach einer Weile heraus. „Ja!", sagt Oma nur und stützt den Kopf auf. „Vor zwei Jahren haben sie schon den Kloshenn, den Klaus Heinrich abgeholt. Und nach drei Wochen war er tot." Nach einer Weile ergänzt Oma noch: „Es hieß, dass er an einer Lungenentzündung gestorben sei. Aber das kann glauben, wer will!" „Was war mit dem Klaus Heinrich?" fragt Grete nach. „Der war auch etwas krank. Seine Mutter war bei seiner Geburt gestorben", erzählt Oma. „Und da haben seine Großeltern für ihn gesorgt. Obwohl der Kloshenn im Kopf etwas krank war, konnte er noch Leinen weben und hat mir noch eine Tischdecke gewebt." Oma holt wieder tief Luft und spricht dann weiter: „Die Freunde von Hitler meinen, dass die Kranken unwertes Leben seien!" Und betont nochmals: „Unwert zu leben!"

Dann richtet sich Oma wieder etwas auf und blickt Grete eindringlich an: „Aber das, was ich dir erzählt habe, darfst du keinem erzählen, versprich mir das, Grete!" Oma fasst Grete am Arm. „So etwas Schlimmes muss man doch gerade erzählen!", sagt Grete entrüstet und zieht den Arm weg. „Das müssen doch alle Leute wissen. Das könnte doch jeden treffen!" „Ja, viele denken sich schon, was mit den Behinderten gemacht wird, aber sagen trotzdem nichts dagegen, aus Angst vor den Freunden des Führers!", entgegnet Oma. Grete weiß schon, dass man nichts gegen die Freunde von Hitler sagen darf – egal, was die machen –, sonst wird man bestraft und vielleicht sogar eingesperrt. „Wer etwas sagt, wird vielleicht auch abgeholt! Viele von denen, die etwas gesagt haben, sind auch schon verschwunden!", sagt Oma ganz verzweifelt. Aber wenn ganz viele protestieren würden, dann könnten die Freunde vom Führer doch nicht alle einsperren, denkt Grete. Wenn doch nur mehr Leute Mut hätten, den Mund aufzumachen! Die müssten sich geheim absprechen. Und dann alle auf einmal protestieren! Und: Die Freunde vom Hitler müssten auch selbst krank werden, das fände Grete gut und richtig. Dann würden sie bestimmt nicht mehr so denken.

Oma zieht Grete an sich und umschließt sie ganz fest mit ihrem Arm. „Ach, Grete, was gibt es für grausame Menschen! Und die bestimmen jetzt. Was haben wir jetzt eine schlimme Zeit! Herr, erbarme!", sagt Oma und neigt ihren Kopf an Grete. „Gut, dass wir gesund sind, und dass wir beieinander sind!" Ja, das denkt Grete auch.

Oma und Grete pflücken Himbeeren

Was Hitler, der Führer, und seine Freunde mit der Annemarie gemacht haben und vielleicht noch machen werden, das geht Grete lange nicht aus dem Kopf. Auch als Grete mit Oma zum Himbeerpflücken in die Hohle geht, muss Grete an Annemarie denken. Schließlich war Annemarie mit ihrer Mutter im Mai gerade auch in der Hohle, als sie dort bei den Himbeersträuchern waren. Damals haben sie die Blätter abgezupft. Die wollte Oma nämlich trocknen, damit sie im Winter von diesen Tee kochen kann. Und das wollte bestimmt die Mutter von Annemarie auch tun. Auch Brombeerblätter haben sie damals abgezupft. „Der Tee von Brombeerblättern wirkt gegen Durchfall und Magenbeschwerden", hatte Oma gesagt. Und sie hatte auch gesagt: „Wenn man nicht vorsorgt, hat man nichts, wenn man es braucht!" Das hatte bestimmt auch die Mutter von Annemarie gedacht. Und vielleicht auch Annemarie. Aber nun haben sie sie abgeholt…! Ja, so etwas Schlimmes!

Grete will nicht länger daran denken, sonst kommen ihr die Tränen. Damit sie auf andere Gedanken kommt, überlegt sie, auf welche Weise sie schon alles vorgesorgt haben. Schließlich sorgt Oma seit Wochen vor – für die kalte Jahreszeit, wenn nichts wächst. Was sie allein schon alles für Tees gesammelt haben! Und Hans musste Oma auch noch Lindenblüten vor ein paar Wochen von der Linde abpflücken. Oma kann natürlich nicht auf die große Linde vom Dorfplatz klettern, auch mit einer Leiter traut sie sich nicht mehr in die Höhe. Früher als junges Mädchen oder als junge Frau da hat sie sich aber selbst Lindenblüten gepflückt. So hat sie jedenfalls Grete erzählt. Jetzt im Alter überlässt sie das aber lieber Jüngeren. Und Hans klettert gerne auf Bäume. „Ihm war noch nie ein Baum zu hoch", sagte Oma. „So Jungen beweisen sich eben gerne." Das hat Grete auch schon gedacht.

Und so bekam Oma auch einen Korb voll Lindenblüten, die sie nur noch trocknen musste. „Der Tee ist schweißtreibend und hilft gut bei Erkältung – dann schwitzt man die Krankheit heraus", hatte

Oma erklärt. Aber Lindenblütentee kocht Oma immer mal, auch wenn keiner krank ist. Und den trinkt Grete eigentlich ganz gerne. Alle Tees, die Oma kocht, mag sie aber nicht. Aber irgendetwas Warmes muss man doch trinken. Der Tee von Himbeerblättern hat ihr jedenfalls immer gut geschmeckt. Und heißer oder kühler Himbeersaft ist etwas ganz besonders Leckeres. Da will Grete gerne helfen, dass Oma viel Saft kochen und in Flaschen abfüllen kann.

Und die Himbeeren sind natürlich auch etwas ganz besonders Leckeres frisch vom Strauch. Da ließ sich Grete nicht zweimal bitten. Am Sonntag auf dem Weg zum Friedhof hatten sie schon mal erste Himbeeren im Hohlweg genascht. „Wenn man bei den Himbeeren nicht schnell genug ist, kommen einem andere zuvor und pflücken sie ab", meinte Oma. „Sobald sie reif sind, holen sich alle Leute welche." Und deswegen wollten Oma und Grete gleich heute losgehen. „Dann brauchen wir nicht bis zum Waldrand zu laufen", sagte Oma, als sie Grete einen Eimer in die Hand drückte.

Und sie haben Glück. Am Rain vom Hohlweg hat noch keiner die Himbeeren gepflückt. Gretes Eimer will sich aber erst einmal nicht füllen. Zu gut schmecken ihr die Beeren. Nur dumm, dass man immer erst nachsehen muss, ob kein Wurm in der Himbeere ist. Zum Saftkochen werden die wurmigen gehen, aber essen will sie diese nicht. Und die Ranken von den Himbeeren sind auch unangenehm. Schließlich hat Grete nackte Beine und Arme. Und in ihrem Kleidchen verhaken sich die Ranken auch gerne. Hoffentlich reißt sie sich kein Loch ins Kleid! „Die Brombeerranken sind noch schlimmer", sagt Oma, als Grete sich über die Ranken beschwert. „Aber bis die Brombeeren reif sind, dauert es noch einige Wochen, bis dahin sind die Kratzer von den Himbeerranken verheilt." Ein kleiner Trost, denkt Grete.

Als sich Grete satt gegessen hat, würde sie am liebsten mit Pflücken aufhören. Aber wie sagte Oma doch: „Wenn man nicht vorsorgt...!" Und so pflückt Grete weiter, auch wenn sie es eigentlich nicht gerne tut.

Eine Bomberflotte naht heran

„Heute wird Korn, der Roggen, abgemacht", sagte Oma morgens beim Kaffeetrinken beiläufig zu Grete. Da wusste Grete, dass Oma ihr damit sagen wollte, dass sie heute Mittag beim Aufstellen der Garben helfen soll. Hoffentlich wird es nicht wieder so heiß wie beim Abmähen der Gerste, ging Grete gleich durch den Kopf. Und wenn die Grannen der Ähren nur die Arme nicht so verkratzen würden. Die Kratzer an den Beinen von den Stoppeln der Gerste sind gerade erst verheilt. Nun wird es heute neue geben. So dachte Grete jedenfalls morgens.

Ihre Befürchtungen sind aber nur zum Teil eingetroffen. Heute ist es Gott sei Dank nicht so heiß. Die Stoppeln kommen ihr aber irgendwie noch höher vor. Und die Roggengarben sind besonders lang und stehen wackelig. Sie hat alle Mühe, die ersten Garben von den Haufen festzuhalten.

Zwischendurch schaut sie immer mal Hans und Franciszek zu, wie diese Runde um Runde den Roggen abmähen. Hans hat heute wieder drei Pferde angespannt. Außer Fanny und Benno noch den Schimmel aus dem Dorf. Wenn Grete richtig gehört hat, dann müsste der Schimmel Lotte heißen. Aber sie kann ja Hans nachher nochmals fragen. Wie der Mähbinder immer mit einem Klack Garbe nach Garbe abwirft, ist irgendwie schön. So ganz automatisch geht das.

Plötzlich fuchtelt Franciszek wild mit den Armen und zeigt dabei nach vorne. „Da! Da!", ruft er schließlich laut. Gleich springt er vom Mähbinder, winkt Hans, dass er mitkommen soll und rennt zu Tante Annels und den anderen. Diese haben unterdessen auch aufgeschaut. Oh, Schreck! Am Himmel tauchen ganz viele Flieger auf. Ein ganzes Geschwader kommt auf sie zu. Sind es Tiefflieger, die sie beschießen können? Oder Bombenflugzeuge, die Bomben irgendwo anders abwerfen wollen? Noch kann man es nicht genau feststellen. Franciszek fuchtelt noch immer ganz aufgeregt mit den Armen. Opa Schneider meint: „Das ist eine Bomberflotte, die fliegen über uns weg!" Aber Tante Annels ist sich nicht ganz sicher.

Grete schießen Tränen in die Augen. Sie muss gleich daran denken, wie ein Tiefflieger ganz tief über sie hinweggebraust ist, damals als sie beim Kartoffelsetzen gerade noch Schutz unter dem Wagen suchen konnten. Aber jetzt haben sie keinen Wagen dabei, unter den sie kriechen könnten.

„Grete! Grete!", ruft Franciszek und winkt ihr, dass sie sich unter einen Haufen setzen soll. Dabei macht er eine Garbe weg, damit sie in den Haufen kriechen kann.

Sie ist jetzt für die Flieger unsichtbar. Hoffentlich setzen sich die anderen auch in einen Haufen! Gut, dass die Roggenhaufen so groß sind. Da kann man sich gut hineinsetzen. Schon wird das Dröhnen von den Flugzeugen lauter, immer lauter. Schrecklich! Grete hält sich die Ohren zu und presst ihr Gesicht auf die Knie.

Das Dröhnen der Flieger hat sie noch von Kassel im Ohr. Entsetzlich war das! Und das Krachen von den Bombeneinschlägen! Sie sieht sich noch bibbernd im Keller sitzen. Damals hat sie vor Entsetzen und Angst in ihre Hand gebissen, so stark, dass sie tagelang die Abdrücke der Zähne noch sah. Und ihre Mutter hatte sich schützend über die gebeugt. „Mama! Mama!", jammert Grete bibbernd. Wenn Mama wüsste! Schließlich hat Mama gesagt, bei Oma brauchst du keine Angst zu haben, da fallen keine Bomben.

Als das Dröhnen allmählich leiser wird, wagt sie, einen Blick aus dem Haufen zu werfen und drückt eine Garbe etwas zur Seite. Gott sei Dank! Die Flieger sind über sie weggeflogen. Wie ein großer Vogelschwarm entfernen sie sich. Grete fängt an zu zählen… Das sind bestimmt über Hundert Flieger. Ein riesiger Schwarm! Wer weiß, wo sie hinfliegen! Auf welche Stadt werden die ihre Bomben abwerfen wollen? Die armen Leute!

„Oh! Ooohh!", jammert Grete. Wie schlimm für die Stadt, die heute Abend bombardiert wird! Hoffentlich ist Kassel heute nicht wie-

der dran! Werden Ingrid, Inge und Gerlinde noch in Kassel sein? Sie hat solange nichts von ihren Freundinnen gehört. Und die alte Frau Mathilde und die Frau Auguste von nebenan können ja nicht weg. Wo sollen die hin? Sie können doch nur schwerlich in den Keller flüchten. Grete mag nicht daran denken. Aber sie sieht doch alles vor sich…

Endlich verschwinden die Flieger in der Ferne. Grete kriecht wie benommen aus dem Getreidehaufen heraus. Und die anderen klopfen sich auch Strohteile von der Kleidung und aus ihren Haaren. Da werden sie sich auch in einen Haufen gesetzt, darin versteckt haben.

Frau Schneider hat Tränen in den Augen. „Die armen Leute, die es wieder betrifft! Gott erbarme!", stammelt sie und ist ganz bleich im Gesicht. Ja, die Schneiders haben schon Schlimmes durchgemacht. Davon haben sie oft erzählt. Immer wieder. Ihr Haus in Essen wurde von einer Bombe getroffen. Sie konnten Gott sei Dank noch rechtzeitig in einem Bunker Schutz suchen. Aber ihr Haus war ganz kaputt, in keinem Zimmer konnten sie noch Unterschlupf finden. Alles war kaputt.

Und da wurden sie als Ausgebombte von Essen weggeschickt. Irgendwohin aufs Land. Und so kamen sie nach Schwalmdorf und wurden Tante Annels zugeteilt, bei ihr einquartiert. Grete sieht noch vor sich, wie die Schneiders zu ihnen kamen. Sie kamen nur mit einer Tasche und hatten nur zum Anziehen, was sie am Leib hatten. Damals hat Grete der Agnes eine Unterhose, ein Unterhemd und ihr Sommerkleidchen geborgt, damit sie das andere mal waschen konnten.

Jetzt sind die Schneiders schon etwa drei Monate in Schwalmdorf. Erst hatte sich Tante Annels aufgeregt, dass sie ausgebombte fremde Leute ins Haus nehmen soll. Das hat Grete noch im Ohr. Jetzt ist Tante Annels aber bestimmt froh, dass die Schneiders da sind. Schließlich helfen ihr die Schneiders bei der vielen Arbeit. Und

Grete ist auch froh, dass die Schneiders da sind. In Agnes und Gudrun hat sie doch liebe Spielkameraden auf dem Hof.

Nach einer kleinen Pause, in der alle eine Tasse Wasser trinken, haben sich wieder alle berappelt und gehen ihrer Arbeit nach. Hans zügelt wieder die Pferde, Franciszek regelt den Mähbinder, Opa und Tante Schneider und Oma helfen Tante Annels beim Aufstellen der Garben. Und Grete hält immer die ersten zusammengestellten Garben vom Haufen fest, damit die nicht umfallen. Sie haben schon viele Haufen aufgestellt, aber noch mehr werden sie heute zum Trocknen aufstellen müssen.

Weißt du, wie viel Sternlein stehen

„Weißt du, wie viel Sternlein stehen an dem blauen Himmelszelt ...", singt Grete leise vor sich hin. Das Lied haben sie schon vor längerer Zeit mal in der Schule gelernt. Jetzt ist es ihr eingefallen, denn jetzt passt es ganz genau. Jetzt liegt sie nämlich mit Agnes und Gudrun im Garten auf einer Decke und es wird schon dunkel. Heute Nacht wollen sie schließlich mal unter freiem Himmel schlafen.

Seit Tagen ist es heiß, und dann ist es nachts im Zimmer zum Schlafen auch noch sehr warm. Da kam Grete auf die Idee, mal draußen im Garten zu schlafen. Gut, dass auch Agnes und Gudrun mitmachen – alleine hätte sich Grete das nämlich nicht getraut. Aber zu dritt haben sie Mut. Und so haben sie sich auf einer Decke im Grasgarten zur Ruhe gelegt.

Aber einschlafen können sie noch nicht. Noch ist alles zu spannend und ein bisschen unheimlich. Grete singt immer wieder „Weißt du wieviel Sternlein stehen an dem blauen Himmelszelt..." und schaut dabei in den Himmel. Jetzt sind aber erst drei Sterne zu sehen. Das blaue Himmelszelt wird erst allmählich immer dunkler, ganz allmählich schwarzer. Immer mehr Sterne leuchten auf. Agnes hat schon sieben Sterne gezählt. Noch kann man sie gut zählen. Aber bald werden es immer mehr sein, ganz viele sein. Ja, das ist wirklich spannend, wie so die Nacht allmählich kommt.

Im Dorf ist es schon ganz ruhig geworden. Kein Hund bellt mehr, auch die Tiere werden schlafen. Aber nicht alle. Über ihr kreisen Fledermäuse, Grete glaubt jedenfalls, dass das welche sein müssten. Und ab und zu blitzt vor ihr ein kleines Licht auf, dann ist es wieder verschwunden. Dann zieht das Lichtchen wieder eine kleine Bahn vor ihr. Jetzt hat auch Gudrun das kleine Licht entdeckt und sagt nur leise: „Oh!" Ja, so etwas Wundersames! Das könnte ein Glühwürmchen sein. So eines hat sie noch nie gesehen, aber sie haben in der Schule schon mal eine Geschichte von einem Glühwürmchen gelesen. Ja, das muss eines sein! So etwas Eigenartiges! Manchmal blinkt es auf, dann ist das Blinken wieder weg.

Wie das Tierchen das nur machen kann? Wie viel Wundersames gibt es auf der Welt!

Unterdessen sind ganz viele Sterne am Himmel. Wenn Grete auf der einen Seite mit Zählen anfängt, sind, bis sie auf der anderen Seite angelangt ist, schon wieder neue dazu gekommen. Da hört sie auf zu zählen. Jetzt werden es schon Hunderte sein. Und wie viele werden es erst in einer Stunde sein! Und wie viele andere Sterne wird man noch sehen können, wenn man von Kassel aus in den Himmel sieht, hinter den Bergen in den Himmel schaut.

Ob Mama und Papa in Russland die gleichen Sterne sehen? Vielleicht sehen die wieder andere. Wie groß, wie großartig ist doch die Welt! Während sie so staunend in den Himmel blickt, fällt eine Sternschnuppe mit einem langen hellen Schweif ins Nichts. Wenn man eine Sternschnuppe sieht, darf man sich etwas wünschen, darf den Wunsch aber niemanden sagen – das hat sie schon mal gehört. So wünscht sie sich ganz stark insgeheim, dass der Krieg bald aufhören möge und dass bald Mama und Papa wieder da sein mögen…

Oh! Mama und Papa! Schon schießen Grete Tränen in die Augen. An Mama und Papa darf sie jetzt nicht denken, sonst muss sie weinen. Schnell versucht sie, sich abzulenken. „Oh! Gudrun, pass auf! Hier ist ein Mäuschen!", platzt Grete heraus. Gudrun schreckt auf und schreit um Hilfe: „Mama! Mama!"

Den Scherz hätte Grete lieber nicht machen sollen. Jetzt will Gudrun zu ihrer Mutter und ist nicht mehr zu halten. Auch Agnes möchte jetzt lieber ins Haus und zu dritt mit Gudrun und ihrer Mutter im Bett schlafen. Ja, Grete ist auch etwas unsicher geworden. Am Ende kommt hier wirklich ein Mäuschen. Und so geht sie auch ins Haus, in ihr schönes weiches Bett. Hier auf dem Rasen war es doch ein bisschen hart zum Liegen. Aber schön war es doch, ein großes Erlebnis.

Grete hat Geburtstag

Heute hat Grete Geburtstag. Neun Jahre ist sie nun geworden. Oma hatte ihr beim Frühstück drei Blümchen um den Teller gelegt. Ein kleines, aber schönes Zeichen, dass heute ein besonderer Tag für sie ist. Und Oma hatte ihr eine schöne Jacke geschenkt – die hatte sie irgendwann gestrickt, aber Grete hat es gar nicht bemerkt. Und Hilde und Anneliese werden heute Nachmittag zum Spielen kommen. Gut, dass heute Sonntag ist, sonst hätten sie bestimmt nicht mit ihr spielen können. Schließlich muss Hilde jeden Nachmittag die Ziegen hüten, mit ihren drei Ziegen auf die Weide gehen. Und Anneliese muss doch immer auf ihre kleine Schwester aufpassen.

Außer Hilde und Anneliese wird heute niemand kommen. Und Agnes und Gudrun sind ja da. So hat Grete jedenfalls noch morgens gedacht. Aber es kommt anders… Als gegen Mittag die Senta bellt, denkt Grete im ersten Moment, dass das bestimmt die Postbotin ist. Sicherlich bringt diese noch Briefe von Mama und Papa. Und vielleicht auch noch von Tante Gretel. Als Grete schon zur Türe geht, fällt ihr aber ein, dass am Sonntag doch keine Post kommt.

Traurig öffnet Grete die Tür. Da steht Tante Gretel vor ihr. „Tante Gretel!", jauchzt Grete auf und fällt ihrer Patin in die Arme. „Wie schön, dass du gekommen bist!" Noch vor der Tür holt Tante Gretel ihr Geschenk aus der Tasche: Ein kopfgroßer rotbunter Ball! „Oh, wie schön!", stammelt Grete nur und dabei bleibt ihr der Mund offen stehen.

Oma hat mit dem Besuch auch nicht gerechnet. Schnell schält sie noch zwei Kartoffeln mehr und holt noch etwas Salat aus dem Garten.

Fast ein halbes Jahr haben sich Grete und ihre Patin nicht gesehen. „Da dachte ich, dass ich doch mal nach dir sehen muss!", sagt Tante Gretel. „Aber ich muss heute gleich wieder zurück, schließlich haben wir jetzt in der Ernte viel, viel Arbeit."

Heute morgen ist Tante Gretel schon mit dem ersten Zug losgefahren. Und ist extra ganz früh aufgestanden, damit sie an einem Tag hin- und zurückkommt. Eigentlich ist der Weg gar nicht so sehr weit, wenn man wie ein Vogel fliegen könnte. Aber mit dem Zug ist das schon eine lange Reise, mit zweimal umsteigen. So hat es jedenfalls Tante Gretel gesagt.

Und sie haben sich so viel zu erzählen. Schließlich will Grete wissen, wie es allen auf dem Karlshof geht. Sind Oma Maria und Opa Hermann noch gesund? Sie sind doch schon ziemlich alt. Können sie noch etwas mitarbeiten? Auf dem Bauernhof gibt es schließlich viel Arbeit. Onkel Fritz, der ältere Bruder von Papa, ist doch auch im Krieg. Da fehlt Tante Frieda der Mann an allen Ecken und Enden. Gut, dass Tante Gretel, die jüngere Schwester von Papa, noch zu Hause ist und mithelfen kann. Sie ist nämlich noch nicht verheiratet. Aber verlobt ist sie schon mit Franz. Und um diesen sorgt sich Tante Gretel, sie hat jedenfalls Tränen in den Augen, wenn sie von Franz erzählt. Sie liebt Franz sehr und wäre gerne mit ihm zusammen, aber der ist auch weit weg im Krieg. Und immer in großer Gefahr. Wie schlimm!

„Gut, dass wir den André haben!", sagt Tante Gretel schließlich, nachdem sie tief Luft geholt und hörbar ausgeatmet hat. Der André, das ist ein Kriegsgefangener aus Frankreich. Das weiß Grete. Beim letzten Besuch hat Tante Gretel doch erzählt, dass das manchmal schon ein bisschen lustig sei, wie sie dem Franzosen alles mit Händen und Füßen erklären muss. Daran muss Grete gerade denken, ja, das kann sie sich lebhaft vorstellen. Schließlich muss Tante Annels auch Franciszek vieles mit Zeichensprache erklären. Und manchmal versteht er es doch verkehrt. Dann schimpft Tante Annels mit ihm. Grete findet das aber nicht schön, ja ungerecht. Wenn Tante Annels in Polen wäre, hätte sie bestimmt auch Probleme mit der Verständigung.

Grete mag jedenfalls Franciszek. Heute Morgen hat er ihr ein Kränzchen geschenkt, ein selbstgeflochtenes aus Weizenähren und hat es ihr gleich auf den Kopf gesetzt. „Grete König!", sagte er dabei. Dann hat er Grete dreimal ganz hoch in die Luft gehoben. Dabei hat er sich so angestrengt, dass er einen knallroten Kopf bekam. Grete ist schließlich schon ganz schön schwer.

Sie haben sich mit Tante Gretel so viel zu erzählen, dass sie ganz lange am Mittagstisch sitzen. Oma will doch schließlich auch wissen, wie weit sie auf dem Karlshof mit der Ernte sind. Und, und, und!

Schon klopft es – Hilde und Anneliese kommen. Jede hat für Grete als Geschenk eine kleine Tüte voll Bonbons mitgebracht. Neun Bonbons von jeder! „Da hast du für jedes Jahr einen Zuckerstein bekommen!", sagt Oma. „Schön!" Das hat Grete gerade auch gedacht. Und: da kann sie jetzt 18 Tage lang jeden Tag ein Himbeerbonbon lutschen, das hat Grete schnell ausgerechnet. Aber sie wird bestimmt den anderen, Agnes und Gudrun, vielleicht auch Hans, bestimmt auch Oma und Franciszek eines abgeben.

Gleich zeigt Grete den schönen Ball von Tante Gretel. Und da wollen sie natürlich auch sofort damit spielen. Grete ruft schnell Agnes und Gudrun, damit diese auch mitspielen.

Zuerst stellen sie sich im Kreis auf und werfen sich den Ball gegenseitig zu. Gudrun ist sichtlich stolz, wenn sie den Ball auffangen kann. Aber Grete werden die meisten Bälle zugeworfen, schließlich hat sie heute Geburtstag. Bald schlägt Agnes vor, den Ball in die Höhe zu werfen und dabei einen Namen zu rufen. Derjenige muss dann den Ball auffangen.

Irgendwie haben alle Lust, mit dem Ball weiterzuspielen. Schließlich haben sie lange keine Ballspiele gemacht. Außerdem ist der Ball wirklich wunderschön. Grete schlägt so noch vor, dass jeder den Ball dreimal an die Wand wirft und wieder auffängt. Dann wird es schwerer, denn jetzt soll jeder den Ball mit der flachen Hand, dann mit der Faust und dann mit dem Unterarm an die Wand schlagen. Dabei kann Gudrun nicht mitspielen. Aber sie schaut auch gerne mal zu, wie die anderen das können, ja, wer es am besten kann.

Schon ruft Oma zum Kaffeetrinken. Unterdessen hat Oma den Küchentisch ausgezogen und bis ans Sofa gestellt, damit alle Platz haben. Grete darf sich jetzt mal neben Tante Gretel auf das Sofa setzen, ansonsten hat sie doch ihren Platz auf der Bank. Wie schade, dass Tante Gretel nach dem Kaffeetrinken schon wieder wegfahren muss! Aber daran mag Grete jetzt nicht denken. Jetzt will sie erst einmal den Rührkuchen genießen, den Oma extra zum Geburtstag gebacken hat. Jeder bekommt sogar zwei Stückchen davon.

Tante Gretel wird schon unruhig. Sie muss zum Bahnhof, sonst verpasst sie am Ende noch den Zug. Eigentlich würde Grete ihre Patin gerne noch zum Bahnhof bringen, aber sie hat ja noch andere Gäste. Und so nimmt sie mit einer ganz innigen Umarmung Abschied. Wer weiß, wann sie ihre Patin mal wiedersieht?

Als auch Hilde und Anneliese gegangen sind und auch Agnes und Gudrun sich wieder verzogen haben, überkommt Grete ein ganz komisches Gefühl, so eine Leere, eine Traurigkeit. Obwohl es doch eigentlich ein schöner Tag war. Und obwohl sie so schöne Geschenke bekommen hat. Und obwohl sogar noch Tante Gretel gekommen war, und damit hatte sie wirklich nicht gerechnet. Trotzdem ist sie jetzt ein bisschen traurig – Papa und Mama haben nicht geschrieben. Ob die ihren Geburtstag vergessen haben? Aber vielleicht ist auch etwas Schlimmes passiert. Als Grete daran denkt, was alles sein könnte, rollt ihr eine Träne übers Gesicht.

Damit Oma nichts bemerkt und vielleicht auch noch traurig wird, geht Grete schnell ins Bett. Wie jeden Abend nimmt sie ihre Heidi in den Arm. Die Puppe hatte ihr doch Papa geschenkt, als er in den Krieg musste. Und jetzt ist er schon ein paar Jahre weg! Und er war solange nicht auf Heimaturlaub da! Grete drückt ihre Heidi ganz, ganz fest an sich. … und so muss sie eingeschlafen sein.

Papa hat Heimaturlaub

Grete und Oma sitzen beim Abendbrot. Weil es warm ist, hat Oma die Tür sperrangelweit aufgemacht. Plötzlich steht ein Mann in der Tür. Grete verschüttet vor Schreck fast die Sauermilch in der Tasse. Sieht sie richtig? Ist das Papa? „Papa! Papa!", stößt sie schließlich laut heraus, bleibt aber wie gelähmt sitzen. Oma dreht sich erschrocken um. „Schorsch!", bringt sie nur verdattert heraus. Und im Aufstehen sagt Oma noch leise vor sich hin: „Ja, dein Papa ist da!"

Anstatt Grete aufsteht und ihrem Vater in die Arme fällt, bleibt sie wie angewurzelt sitzen. Und anstatt sie sich freut, schießen ihr Tränen in die Augen. Auch Papa hat Tränen in den Augen. „Grete!", sagt er schließlich zärtlich und breitet die Arme aus. „Meine Grete!" Erst jetzt berappelt sich Grete und fällt ihm in die Arme.

„Eigentlich wollte ich gestern schon da sein, dich an deinem Geburtstag überraschen", sagt Papa noch, bevor er sich setzt. „Aber es ging nicht schneller." Ja, Grete weiß, dass Papa ganz weit weg im Osten kämpfen muss. Das ist ein weiter Weg. Und heute ist die Freude doch noch größer. Schließlich hat Grete gestern gedacht, dass Papa und Mama sie vergessen haben. Und jetzt kommt es ihr wie ein Wunder vor, dass Papa da ist.

Oma tischt noch die beste rote Wurst auf. Grete hätte gerne schon lange immer mal ein Stückchen von der guten roten Wurst gegessen, aber Oma meinte immer, dass sie die zwei Würste doch aufheben müssen. Schließlich dauert es noch lange, bis wieder geschlachtet wird. Aber jetzt weiß Grete, wofür Oma die Wurst wohl aufgehoben hat. Und Grete darf heute natürlich auch ein Stückchen davon essen. Aber so richtig genießen kann sie die gute Wurst nicht. Jetzt ist sie zu erregt. Irgendwie kann sie immer noch nicht richtig fassen, dass Papa nun da ist.

Nach dem Abendessen packt Papa Gretes Geburtstagsgeschenk aus. „Das ist eine Puppe aus Russland, eine Matrjoschka!", sagt er, während er sie vor Grete auf den Tisch stellt. „Das ist eine Mutter mit ihren Kindern!". Aber Grete sieht gar keine Kinder. „Doch, guck!", dabei dreht Papa die obere Hälfte der Puppe ab. Da kommt innen drin eine kleinere Puppe zum Vorschein. Als Grete diese herausnimmt, stellt sie fest, dass man diese auch wieder aufdrehen kann. Ja, da ist noch eine Puppe drin, eine noch kleinere. Und dann noch eine noch kleinere!

Schließlich hat Grete neben der Frau noch vier immer kleiner werdende Kinder stehen. Also eine Mutter mit vier Kindern. Wie schön! Solche Puppen hat Grete noch nie gesehen. Und wie schön die bemalt sind! Mit ganz anderer Kleidung als sie die hat. Ja, die sehen ganz anders aus, die Mutter und ihre Kinder aus Russland.

Vor lauter Begeisterung hätte Grete beinahe vergessen, ihrem Vater für das schöne Geschenk zu danken. Aber das holt sie nun nach und gibt Papa einen dicken Schmatzer auf die Wange.

Eigentlich hätte Grete ihrem Vater so viel zu erzählen, aber nun weiß sie gar nicht, wo sie anfangen soll. Und Papa weiß auch nicht richtig, was er erzählen soll. Bestimmt hat er vieles erlebt. Aber was soll er erzählen? Vielleicht ist alles zu schrecklich. Bestimmt will er das gar nicht erzählen. Vielleicht darf er das auch gar nicht erzählen. In den Briefen hat er doch geschrieben, dass alles ganz schlimm sei, schrieb aber nichts Genaues. Und Oma meinte, dass die Briefe kontrolliert würden, ob die Soldaten etwas Schlimmes schreiben. Dann dürfen sie das Grausame bestimmt auch nicht erzählen. Schließlich sollen die Leute zu Hause glauben, dass es den Soldaten gut geht und dass sie alles gut machen und immer gewinnen. „Ich muss mich erst einmal ausschlafen", sagt Papa schließlich und stützt seinen Kopf auf den Tisch. „Ich war jetzt eine Woche lang immer nur im Zug unterwegs!"

„Aber erst einmal willst du bestimmt baden", sagt Oma und stellt zwei Töpfe voll Wasser auf den Herd. Ja, Papa hat sicherlich lange nicht baden können. Ob sich Papa überhaupt in die kleine Wanne setzen kann? Ja, es muss gehen.

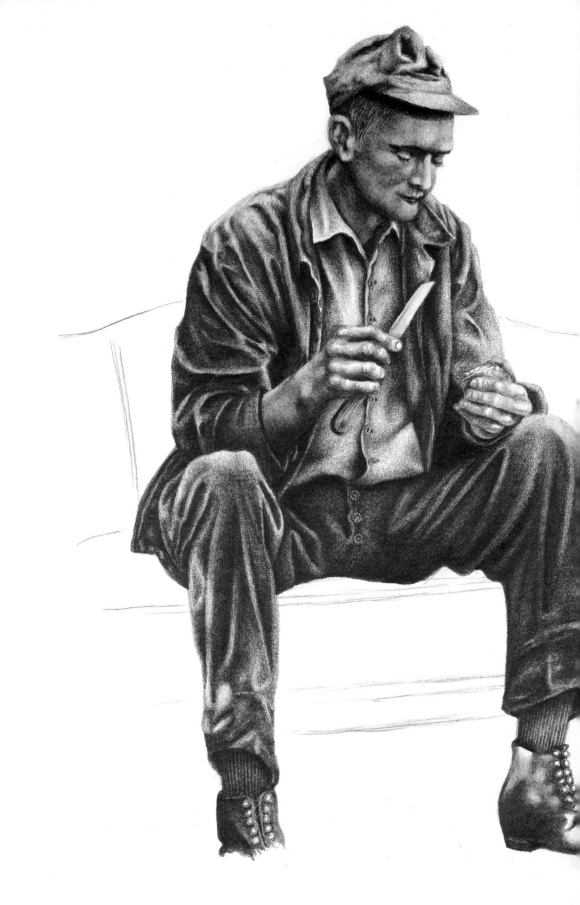

Schnell holt Grete mit Oma die Wanne aus der Waschküche. Während das Wasser kocht, erzählen sie das Neuste, was sie in der letzten Zeit erlebt haben.

Oma schüttet schließlich Wasser in die Wanne und legt Papa einen Waschlappen und ein frisches Handtuch hin. Und dann verziehen sich Oma und Grete ins Schlafzimmer.

Grete deckt schon ihr Bett auf. Papa muss bestimmt mit in ihrem Bett schlafen. Oma hat doch nur zwei Betten – eines, in dem sie schläft, und eines, in dem Opa Jakob geschlafen hat und jetzt Grete schläft. Grete lockert nochmals die Federn im Kissen und der Bettdecke auf und klopft alles schön zurecht. Papa soll wie in einem Himmelbett schlafen. Und Grete wird bestimmt auch wie im Himmel schlafen.

Als sie schließlich zusammen im Bett liegen, kuschelt sich Grete ganz eng an Papa. Wie schön war das früher, als Grete am Sonntagmorgen nochmals in das Bett zu Mama und Papa kriechen konnte! Wie lange hat sie in den Armen ihres Vaters schon nicht mehr gelegen! Wie lange! Und jetzt ist er endlich mal wieder da. Wie schön! Wenn doch Mama auch noch da wäre!

Grete schmiegt ihren Kopf an Papas Wange. Vor Glück laufen ihr die Tränen. Und sie spürt, dass auch bei Papa eine Träne über seine Wange rollt… So glückselig war Grete lange, lange nicht mehr. Und Papa bestimmt auch nicht.

Papas Puppe aus Russland

Am liebsten wäre Grete heute gar nicht aufgestanden, hätte am liebsten gar nicht das Bett verlassen. Schließlich riecht das Bett irgendwie noch etwas nach Papa. Grete schnuppert nochmals eingehend am Kissen.

„Gretchen, komm! Wir wollen Kaffee trinken!" hört Grete Oma rufen. Und so begibt sich Grete in die Küche. Papa sitzt schon „gestriegelt und gebiegelt" am Tisch. Auch die Haare muss er sich gestern gewaschen haben. Erst jetzt fällt Grete auf, dass seine Haare fast ganz grau geworden sind. Gestern hat sie das gar nicht wahrgenommen. Beim vorigen Heimaturlaub hatte Mama auf seinem Kopf schon über fünfzig graue Haare gezählt. „Kein Wunder!", sagte Mama damals nur. „Was du durchmachen musst!" Und jetzt sind Papas Haare fast alle grau. Und irgendwie sieht er schon ein bisschen wie ein Opa aus. Vier Zahnlücken hat er jetzt, beim vorigen Besuch haben ihm nur zwei Zähne gefehlt. Und wie gebeugt, zusammengefallen er am Tisch sitzt! Ja, er sieht sehr mitgenommen, niedergeschlagen aus.

Vielleicht denkt er daran, dass er übermorgen schon wieder weg muss. Drei Tage kann er nur dableiben und drei Tage will er noch zu seinen Eltern und zu seiner Schwester, der Tante Gretel. Die will er doch auch mal wieder sehen, besuchen. Und dann muss er schon wieder zurück an die Front. Wieder eine Woche lang mit dem Zug fahren, und dann sind drei Wochen Heimaturlaub um, schon wieder vorbei.

Oma hat extra einen frischen Laib Brot angeschnitten. Papa schmiert ganz dick Butter auf die Scheibe Brot, die Oma ihm abgeschnitten hat. Sicher freut sich Papa, dass er mal wieder gute Butter zu essen bekommt, denkt Grete. Aber dann schneidet er die Scheibe in Stücke, schiebt sie Grete hin und nickt ihr zu: „Da! Lass es dir schmecken!" Grete weiß erst gar nicht, was sie davon halten soll. Sie kann sich doch schon selbst ihr Brot schmieren. Aber dann denkt sie, dass Papa vielleicht mal wieder für sie sorgen will, so wie er sie früher umsorgt hat. Bestimmt hat er ihr deswegen das Brot geschmiert. Bestimmt! Grete quetscht nur ein leises „Danke" heraus und dabei hat sie einen Kloß im Hals. Aber sie will nicht schon wieder weinen.

Nach dem Frühstück möchte Papa erst einmal den anderen, Tante Annels und Hans, Guten Tag sagen. Dann wird er auch die Schneiders kennenlernen. Und auch den Franciszek, denkt Grete.

Grete betrachtet sich in der Zeit nochmals die Puppe aus Russland. Wie schön die ist! Irgendwie sieht die Frau wie eine ganz liebe Mutter aus, die ihre Kinder ganz gut beschützt. Nur: Der Vater ist nicht dabei. Wo mag er sein? Bestimmt ist der auch im Krieg. Vielleicht muss er gegen die Deutschen kämpfen. Vielleicht gegen Papa. Oh, Papa! Schieß nur den Mann nicht tot! Dann haben die Kinder keinen Vater mehr und die Frau keinen Mann mehr! Grete drückt die Puppe ganz fest an sich. Oh, Papa! Mach nur das Haus von der Frau nicht kaputt. Und nimm der Frau mit den Kindern das Essen nicht weg! Die russischen Frauen und Kinder wollen doch auch leben! Und die Männer doch auch! Alle Menschen wollen doch leben! Alle!

Grete ist ganz verzweifelt. Oh, Papa! Fahr nicht wieder zum Kämpfen nach Russland! Bitte! Bitte! Bitte! Wenn sie Papa nur irgendwo verstecken könnte, damit er nicht mehr weg muss. Damit ihn die Freunde vom Führer nicht mehr finden. Dass er einfach nicht mehr kämpfen muss. Nicht mehr mitmachen muss. Ach bitte, lieber Gott! Lass ein Wunder geschehen! Bitte!

Papa hilft bei der Ernte

In seinem kurzen Urlaub muss Papa auch noch arbeiten. Ja, er will. Tante Annels hat jetzt nämlich mit der Ernte viel, viel Arbeit. Heute Mittag wollen sie Roggen einfahren, die Garben nach Hause holen. Einige Tage haben die Ähren in der Sonne getrocknet, nun sollen die Garben, bevor es wieder regnet, in der Scheune untergebracht werden. Und dabei sollen alle helfen.

Als sie auf dem großen Leiterwagen auf das Feld fahren, setzt sich Grete natürlich neben Papa. Eigentlich macht ihr eine Fahrt mit dem Pferdefuhrwerk immer viel Spaß, aber heute genießt sie es besonders. Wie schön, dass Papa neben ihr sitzt.

Auf dem Feld angekommen, beobachtet Grete erst einmal, wie sie heute zusammen arbeiten. Schließlich hat immer jeder eine bestimmte Aufgabe. Und heute ist doch ein Mann mehr dabei. Beim Heimfahren der Gerste konnte Tante Annels bereits nur mit großer Anstrengung alle Garben abnehmen, die ihr Hans, Franciszek und Opa Schneider auf den Wagen reichten. Und nun wird wohl auch noch Papa Garben auf den Wagen gabeln. So schnell kann doch Tante Annels gar nicht die Garben auf dem Wagen richtig setzen, der Reihe nach aufschichten. Aber Grete hat sich umsonst ihre Gedanken gemacht. Tante Annels entscheidet, dass Hans heute mal pausieren darf und nur mit den Pferden von Haufen zu Haufen weiterfahren muss. Die Roggengarben sind schließlich ganz schön lang und schwer. Das wäre für Hans bestimmt eine große Anstrengung. Er ist doch erst 13 Jahre. Opa Schneider scheint es aber auch ein bisschen anzustrengen, wenn er die langen Roggengarben auf den Wagen reicht. Für Papa und Franciszek wird die Arbeit nicht so sehr schwer sein. So sieht es jedenfalls aus.

Tante Schneider und Oma rechen mit einem Rechen die liegengebliebenen Ähren zusammen. Agnes und Grete sollen dann noch die letzten immer noch liegengebliebenen Ähren mit der Hand auflesen. „Jede Ähre muss in Ehren gehalten werden!", gibt Oma zu bedenken. „Jede Ähre ist ein Segen!" Ja, Grete und Agnes schauen sich genau um und bald hat jeder ein Sträußchen voll Ähren gefunden.

Schon ist der Wagen hoch beladen und Opa Schneider gibt bereits auf. Gut, dass Franciszek so groß ist, da kann er noch Garben anreichen, als die anderen schon passen müssen. „Jetzt müssen wir aber wirklich aufhören, sonst passt der Wagen nicht mehr durchs Scheunentor!", ruft Tante Annels vom Wagen herunter. Und so laden sie nicht weiter.

Beim Heuwagen war das für Grete und Agnes wunderschön, als sie hoch auf dem Wagen nach Hause fahren durften. Aber jetzt auf dem Erntewagen wollen sie nicht mitfahren. Die Grannen würden sie in den Hintern piksen und außerdem möchte Grete gerne zusammen mit Papa nach Hause laufen, hinter dem Wagen her, so wie richtige Erntehelfer.

Als der Wagen in der Scheune steht, ist die Arbeit aber noch nicht beendet. Jetzt müssen die Garben noch abgeladen werden. Schließlich wollen sie morgen noch einen Wagen voll Roggen heimholen.

Papa muss die Garben vom Wagen herunter werfen. Und Franciszek und Opa Schneider reichen sie weiter zu Tante Annels. Diese setzt nämlich unten im Scheunenraum wieder sorgfältig Garbe neben Garbe und Schicht für Schicht mit den Garben, die Ähren immer nach oben. „Wenn die Garben kreuz und quer in der Scheune liegen, dann ist das nicht gut beim Dreschen", meint Oma. „In ein paar Wochen müssen die Garben nämlich noch gedroschen werden. Dann müssen sie schließlich wieder auf die Dreschmaschine gegabelt werden."

Tante Schneider hat schon im Krug frisches Wasser aus dem Brunnen geholt und reicht jedem eine Tasse voll. Das kühle Wasser tut gut, jedem. Und Hans hat schon die Pferde ausgespannt und in den Stall geführt. Bestimmt ist er sehr froh, dass er heute nur mit den Pferden immer weiterfahren musste und nicht die schweren Garben auf den Wagen gabeln musste. „Wie gut, dass gerade Onkel

Schorsch da ist", hat er erleichtert im Vorbeigehen zur Oma gesagt. Oma nickte nur. „Übermorgen musst du aber wieder deinen Mann stehen!", rief ihm Oma noch hinterher.

Ja, übermorgen muss Papa schon wieder weg. Dann wird er auf dem Karlshof noch bei der Ernte helfen müssen. Auch wenn er hart arbeiten muss, wird er das aber bestimmt lieber tun, als in Russland zu kämpfen. Ach, wenn doch nur der Krieg schon zu Ende wäre! Bitte, lieber Gott, lass ein Wunder geschehen! Das hofft Grete schon seit Tagen.

Brief von Mama

Der Abschied von Papa fiel Grete sehr, sehr schwer. Wer weiß, wann sie ihn wiedersieht?! Ganz niedergeschlagen sitzt sie auf der Bank vor dem Haus. Gut, dass die Kätzchen bei ihr sind. Da fühlt sie sich nicht ganz so allein und verlassen.

Senta jault laut und möchte auch beachtet werden. Da setzt Grete die Kätzchen ab und geht über den Hof zur Senta. Der Hund muss doch immer an der Kette liegen und darf nur manchmal frei herumlaufen. Und wie freut er sich, als Grete auf ihn zugeht. Grete krault die Senta unter der Schnauze am Hals. Das mag Senta besonders gern, das weiß Grete.

Plötzlich bellt Senta los und springt in die Kette. Grete erschrickt und blickt sich um. Oh, da kommt die Briefträgerin! Mit großen Schritten rennt Grete über den Hof. „Heute habe ich etwas für dich!", sagt die Frau nur und reicht ihr einen Brief. Ja, das ist ein Brief von Mama! Das erkennt Grete sofort an der Schrift. Juhu! Juhu!

Zum Lesen lässt sich Grete wieder auf die Bank fallen. Umständlich reißt sie den Feldpostbrief auf. Aber extra ein Messer holen, das wollte sie auch nicht. Mit zitternden Händen liest sie:

„Meine geliebte Grete! Liebe Mutter! Entschuldigt, dass ich erst jetzt schreibe! Aber wir mussten mit dem Lazarett umziehen, weil die Front immer weiter zurückgeht.

Zum Geburtstag sende ich Dir, liebe Grete, noch alles, alles Gute! Hoffentlich ist der Krieg bald zu Ende! Ich sehne mich sehr nach Euch. Hier gibt es ganz viele schwer kranke Soldaten. Und da muss ich viel arbeiten, pflegen. Ich grüße Euch und alle, die mich kennen, ganz herzlich! In Liebe Deine Mutter. In Liebe Deine Tochter."

„Oma! Oma!", krächzt Grete nur heraus. Sie hat einen Kloß im Hals. „Was ist denn?", hört sie Oma aus der Küche besorgt fragen. „Mama…!" bringt Grete nur heraus und geht schwankend auf Oma zu. Zitternd reicht sie Oma den Brief. Dann lässt sich Grete wieder auf die Bank fallen und weint laut heraus…

Grete schreibt an Mama

Grete ist so erfüllt und berührt von dem Brief, dass sie sich gleich hinsetzt und an Mama schreibt.

Liebe Mama!
Vielen Dank für Deinen Brief!
Ich habe mich darüber sehr gefreut.
Ich dachte schon, dass Du mich vergessen hast.
Aber jetzt weiß ich, daß Ihr große Aufregung mit dem Umzug hattet. Hoffentlich geht es Dir gut! Mir geht es gut. Papa kam extra zu meinem Geburtstag. Aber er konnte nur drei Tage bleiben.
Liebe Mama! Ich denke oft an Dich.
Ich grüße Dich ganz herzlich
Deine Grete

Mein liebes Elschen!
Wir haben so sehr auf ein Lebenszeichen von Dir gewartet. Gut, dass es Dir gut geht. Das Elend mit den vielen verletzten Soldaten ist bestimmt schwer für Dich zu ertragen. Mit der Ernte sind wir dieses Jahr schon sehr gut vorangekommen. Der Roggen ist alle in der Scheune. Alles Gute! Halte Dich tapfer!
Ich grüße Dich herzlich.
Deine Mutter

Oma hat auch noch etwas darunter geschrieben. Die Adresse muss Oma auch schreiben. Das hat sich Grete bisher noch nicht zugetraut. Die Oma versteht besser, was die Zeichen und Zahlen bedeuten. Grete würde am Ende das Wichtige klein und das Unwichtige groß schreiben. Und dann würde der Feldpostbrief vielleicht nicht ankommen. Das wäre doch schlimm. Schließlich soll sich Mama auch bald über einen Brief aus der Heimat freuen, über ein Lebenszeichen von ihren beiden Lieben.

Ein Flieger wirft Flugblätter ab

„Den Weizen haben wir dieses Jahr wirklich gut ernten können", meint Tante Annels, als sie mit den anderen wieder Garben zu Haufen aufstellt. „Wenn wir den Hafer auch noch gut in die Scheune bekommen, dann können wir froh sein!" Oma nickt mit dem Kopf und pflichtet ihr bei, ergänzt aber noch entschieden: „…und dankbar können wir dann aber auch sein!" Und als sie die zwei Hafergarben, die sie in den Armen hatte, an den Haufen gestellt hat, sagt sie noch: „Dieses Jahr gab es noch kein Unwetter, das die Ernte verhagelt hätte!" Dabei sieht Oma erst Grete und dann Tante Annels an: „Da muss man doch dankbar sein! Das ist nicht selbstverständlich!" Ja, das stimmt, denkt Grete.

Und während Grete wie immer beim Aufstellen der Garben die ersten hält, geht sie so ihren Gedanken nach. Und dann sollte man aber auch etwas abgeben. Schließlich kann keiner die Frucht selbst machen. Man kann zwar säen, aber ob man etwas erntet, das steht nicht allein in unserer Hand.

Und als sie ihren Blick so schweifen lässt, sieht sie auf dem Nachbarfeld eine Frau mit vier Kindern – die müssen gerade gekommen sein –, und die bücken sich nach liegengebliebenen Ähren, aber das Feld ist schon abgeerntet. Von Weitem kann Grete nicht erkennen, wer das ist. Sie kennt die Leute jedenfalls nicht. Vielleicht ist das eine Frau aus Kassel. Gut, dass immer noch ein paar Ähren zu finden sind! Obwohl die Bauern doch beim Einfahren des Getreides mit Rechen noch liegengebliebene Ähren zusammenrechen.

Eigentlich könnten wir der Frau doch eine ganze Garbe abgeben, wenigstens eine. Aber das Getreide gehört doch Tante Annels, da kann Grete schließlich nichts weggeben. Kaum hat das Grete gedacht, sagt Tante Annels: „Eigentlich könnten wir denen doch ein paar Hände voll abgeben. Aber Hafer wollen sie bestimmt nicht. Die wollen eher Weizen zum Kuchenbacken oder Roggen zum Brotbacken." Oma hält bei der Arbeit inne, blickt Tante Annels an und sagt resolut: „Aber mit Hafer kann man auch Hafersuppe kochen…"

Plötzlich schreit Grete auf, fuchtelt mit den Armen und bringt nur heraus: „Da! Da!" Alle sehen sich erschrocken um. Ja, da kommt ein Flieger! Einer! Das ist gefährlicher als ein ganzer Schwarm am Himmel. „Oh, Schreck! Ein Tiefflieger!", stößt Opa Schneider laut aus und lässt die Garben fallen, die er gerade zusammenstellen wollte. Schon rennen alle kopflos umher. Auch Hans lässt die Pferde stehen und kommt mit Franciszek angerannt. Kein Wagen ist in der Nähe, unter dem man Schutz suchen könnte. Am besten verstecken sie sich wieder unter den Haufen – das war doch vor Wochen eine gute Idee, als das Bombengeschwader über sie hinwegflog.

Schon kriecht jeder in einen Haufen. Die Haferhaufen sind aber kleiner, niedriger als die Roggenhaufen, und so können sie sich nicht so gut hineinsetzen. Franciszek guckt erst noch mit seinem Kopf oben aus dem Haufen, dann legt er eine Garbe quer über den Kopf. Nun ist er auch versteckt.

Aber was wird die Frau mit ihren Kindern machen?! Das Feld ist doch abgeerntet. Grete sieht, wie sich die Frau platt auf die Erde wirft und ihre Kinder sich an sie pressen. Was werden die jetzt eine Angst haben!

Das Brummen des Fliegers wird immer lauter. Jetzt muss er schon ganz nah sein. Hoffentlich schießen die nicht auf uns! Aus dem Flieger werden die hoffentlich nicht erkennen können, in welchem Haufen sich jemand versteckt hat. Das Dröhnen ist jetzt ganz schrecklich laut. Grete presst ihr Gesicht auf die Knie und hält sich die Ohren zu. Am Luftwirbel merkt Grete, dass der Flieger nun tief über sie hinwegbraust. Vor Entsetzen hält sie die Luft an.

Als das Dröhnen wieder etwas nachlässt, öffnet sie die Augen und schiebt eine Garbe etwas zur Seite. Da sieht sie den Flieger schon ein bisschen weiter weg wieder verschwinden. Aber es fällt etwas vom Himmel. Das kann doch keine Bombe sein, das sieht wie Papier aus.

Erst als Grete merkt, dass die anderen aus den Haufen herauskriechen, krabbelt sie auch aus dem Haufen. Alle sehen von dem Schreck ziemlich mitgenommen aus und streifen sich noch Strohreste aus den Haaren.

Hans stürzt sich gleich auf die Zettel, die vom Himmel fielen. „Typisch Feindpropaganda!", ruft er schon lauthals, ohne gelesen zu haben, was auf den Zetteln steht. „Deutsche! Ergebt Euch! Wehrt Euch nicht länger! Euer Krieg ist verloren!", liest er schließlich hämisch vor.

Ohne den Zettel jemanden anders zu zeigen, reißt er ihn in kleine Stücke. Und sammelt auch schnell die anderen Zettel ein und zerreißt sie. „Die Engländer, die Tommies, wollen uns auf Flugblättern weismachen, dass wir den Krieg nicht gewinnen können! Einfach lächerlich!", prustet Hans heraus. „Wer glaubt denn solche Märchen?! – Ich nicht!", und dabei stampft er mit dem Fuß fest auf. Keiner reagiert darauf. Alle tun so, als ob sie wieder ihrer Arbeit nachgehen.

Grete versteht das mit den Zetteln nicht richtig. Sie guckt nach der Frau mit den Kindern. Die haben sich auch schon aufgerichtet und bücken sich wieder nach Ähren. Hoffentlich finden die noch viele! Ganz viele! Und hoffentlich kommt nicht noch ein Tiefflieger …

Die Ferien sind um

Die Ernte ist eingebracht. Schon sind aber auch die Ferien um und die Schule beginnt morgen wieder. Eigentlich ist Grete froh darüber. Schließlich geht sie gerne in die Schule. Sie mag es, wenn sie immer wieder etwas Neues lernt. Das findet sie spannend. Aber besonders schön findet sie, wenn sie schon mal „Lehrerin" sein darf und sie mit Kindern aus dem 1. Schuljahr allein im Nebenraum Rechnen oder Lesen üben darf. Damit hatte sie Lehrer Stöcklein bereits zweimal beauftragt. Kinder aus dem 4. Schuljahr sollten das auch schon öfter mal tun. Aber aus dem 3. Schuljahr war sie bisher die einzige, die schon mal „Lehrer" sein durfte. Darauf kann sie ein bisschen stolz sein. Aber nur ein klein bisschen. Schließlich hat sie sich ihren Kopf nicht selbst machen können.

Und während Grete ihren Ranzen unter der Bank hervorholt und nachsieht, ob sie alles ordentlich parat hat, überlegt sie, ob sie den Füllfederhalter auch in den Griffelkasten legen sollte. Schließlich hat sie den bisher noch nicht in die Schule mitgenommen. Oma meinte, dass die anderen Kinder noch mit einem Federhalter schreiben würden, und da wäre es besser, wenn sie das auch täte. Und so gab ihr die Oma den Federhalter von Opa Jakob mit in die Schule. Oma hält es schließlich für wichtig, dass man nicht aus dem Rahmen fällt, nicht etwas Besseres sein will. Das hat sie Grete schon öfter gesagt beziehungsweise ist Grete aufgefallen, dass sich Oma so verhält.

Aber Grete will doch nichts Besonderes sein. Auf den Füllfederhalter braucht sie sich wirklich nichts einzubilden. In Kassel hatten doch schon mehrere Kinder einen, und ihre Mutter hatte ihr eben auch einen gekauft. Und vor allem: Grete konnte sich schließlich ihre Eltern nicht aussuchen und auch nicht, ob sie in Kassel – in der Stadt – oder in Schwalmdorf geboren wurde. So kann sie deswegen doch nicht stolz sein, und das ist sie auch nicht. Aber vielleicht denken dann doch andere, dass sie etwas Besseres sein will. Nein, das will sie nicht! Und so packt sie den Füllfederhalter nicht ein.

Mit dem Federhalter kann man außerdem auch gut schreiben. Man muss aber gut aufpassen, dass man nicht zu tief ins Tintenfass taucht – sonst gibt es einen Klecks. Ja, das ist Grete anfangs zweimal passiert, danach hat sie beim Eintunken darauf geachtet. Aber es könnte ihr doch nochmals aus Versehen passieren. Deswegen schreibt sie die Briefe daheim lieber mit Füllfederhalter. Aber nur die Reinschrift auf die Feldpostbriefe. Vorher schreibt sie erst einmal alles mit dem Griffel auf die Tafel. Schließlich muss sie mit der Tinte und mit dem Papier sorgsam, ja sparsam umgehen.

Aber wenn Lehrer Stöcklein aufgibt, etwas ins Schönschreibheft zu schreiben, dann muss sie das doch mit Tinte schreiben. Hoffentlich gibt der Lehrer bald wieder mal etwas zu schreiben auf! Schönschreiben tut sie schließlich gerne. Aber eigentlich findet sie alles gut, was in der Schule gemacht wird.

Ja, sie möchte doch selbst auch mal Lehrerin werden, so wie Fräulein Schön, die Lehrerin in Kassel. Das hatte sie sich schon nach drei Wochen Schule vorgenommen. Schließlich fand sie ganz schön, was ihre Lehrerin so machen musste. Und ihr Vater ist doch auch Lehrer. Ihre Mutter sagte zu ihren Berufsplänen nur: „Dann musst du dich aber immer gut anstrengen! Sonst schaffst du das nicht." Ja, Grete bemüht sich doch auch, und das will sie immer tun. Das hat sie sich jedenfalls vorgenommen.

Grete bringt dem Pätter Kuchen

Oma und Tante Annels sind wieder am Brotbacken, das muss doch alle vier Wochen sein. Und Tante Schneider hilft bestimmt. Jetzt wird sie schon wissen, wie das gemacht wird, in Essen haben sie das Brot doch beim Bäcker gekauft, so wie Gretes Mutter in Kassel auch. Und Opa Schneider wird all die Laibe mit dem Handwagen wieder zum Backhaus gefahren haben und wird sie nach dem Backen wieder zum Haus zurück fahren. Schließlich müssen sie jetzt für so viele Leute jeden Monat fünfzehn Laibe Brot backen.

Beim Brotbacken macht Oma auch immer den leckeren Brotkuchen – manchmal mit Kartoffelbrei, ein anderes Mal mit Zwiebeln und Speck und heute mit Äpfeln. Das weiß Grete schon. Schließlich hat Oma gestern Abend einen ganzen Eimer voll Falläpfel aufgelesen und parat gestellt. Die ersten Äpfel, die Frühäpfel, sind nämlich bereits reif.

Und so geht Grete nach der Schule direkt zum Backhaus. Schließlich schmeckt der Brotkuchen am allerbesten, wenn er aus dem Ofen kommt und noch ein bisschen warm ist. Agnes und Gudrun sind auch ans Backhaus gegangen. Die können bestimmt auch nicht abwarten, bis sie ein Stück von dem leckeren Brotkuchen bekommen. Auch andere Kinder stehen noch am Backhaus und warten auf ein Stückchen Kuchen. Der Heini ist immer da, wenn Oma und Tante Annels backen. Seine Mutter ist nämlich krank, und da gibt ihm Oma immer ein großes Stück, etwas auch für seine Mutter und seinen kleinen Bruder – sein Vater ist doch auch im Krieg. Und später darf sich Heinrich auch noch eine Ecke vom Brot bei Oma abholen. Jetzt ist das Brot noch zu heiß und kann noch nicht angeschnitten werden.

„Gretchen, bring das Stück dem Pätter!", sagt Oma und gibt ihr ein großes Stück Kuchen in die Hand. Ja, dem Pätter muss Grete beim Backen meist ein Stück Brotkuchen bringen. Das weiß sie schon. Der Pätter hat ihr nämlich ein schönes Strickkörbchen geflochten und bestimmt wenig Geld von Oma dafür bekommen. Obwohl der Pätter fast blind ist, kann er trotzdem Körbe flechten. Das fühlt er. Im Ersten

Weltkrieg haben ihm die Franzosen die Augen und ein Bein kaputt gemacht. Da ist er wirklich arm dran und kann für sich nicht mehr gut sorgen. Deswegen wohnt er bei seinem Bruder, keine Frau wollte ihn heiraten. Als Grete bei seiner Tür anklopft, beziehungsweise mit dem Fuß an die Tür tritt – schließlich hat sie in beiden Händen den Brotkuchen –, hört sie kein „Herein!". Ob der Pätter wieder Feindsender hört? Als sie vor Wochen mal bei ihm war, saß er vor dem Radio, ganz dicht mit dem Ohr vor dem Volksempfänger, und hörte Feindsender. Und Grete musste versprechen, dass sie das keinem Menschen erzählt. Das Hören vom englischen Sender ist nämlich verboten. Die Engländer berichten übers Radio schließlich die Wahrheit, nicht wie Hitler und seine Freunde. Die lassen doch nur die Siege der Deutschen am Radio verkünden.

Als sich im Zimmer nichts rührt, drückt Grete mit dem Ellbogen die Türklinge runter und geht ins Zimmer. Da liegt der Pätter auf seinem Bett und schreckt auf, als Grete „Guten Tag, Pätter!" sagt. „Ach, du bist es, Grete!", quetscht Pätter unter Gähnen heraus und reibt sich die Augen. „Ich habe gerade ein kleines Nickerchen gemacht". Schon wundersam, dass er sie sofort an der Stimme erkannt hat, denkt Grete. „Ich habe wieder ein Stück Kuchen für dich!", sagt sie nur kurz. „Leg den ‚Platz' auf den Tisch!", weist der Pätter Grete schlaftrunken wortkarg an und reckelt sich auf.

Auf dem Tisch liegen eine Handvoll Weiden, mit denen der Pätter die Körbe flicht. Und ein fast fertiger großer Korb steht auf dem Tisch. Wer weiß, für wen er diesen schönen Korb wieder macht! „Oh, der Korb ist aber schön!", sagt Grete bewundernd und schiebt den Korb mit ihrem Ellbogen etwas zur Seite.

Der Pätter hat nur ein kleines Tischchen, ein Bett, einen kleinen Schrank und zwei Stühle im Zimmer. Und er arbeitet und schläft im gleichen Zimmer. Essen tut er bei seinem Bruder und dessen Frau mit. Aber so ein Stück von Omas gutem Brotkuchen wird ihm sehr willkommen sein. „Machs gut!", sagt Grete nur und geht schon wieder. „Ich dank dir recht schön und machs auch gut!", ruft ihr Pätter noch nach.

Grete rettet einen Käfer

Wie jeden Tag ist Grete wieder mit den Gänsen an der Schwalm. Agnes und Gudrun wollten heute nicht mitgehen, da das Wetter nicht so schön ist. Vor ein paar Tagen haben sie noch in der Schwalm gebadet. Schade, das scheint nun für dieses Jahr vorbei zu sein.

Heute ist Grete als Erste mit den Gänsen an der Schwalm. Aber die anderen Kinder werden schon noch kommen. Während die Gänse flott davonschwimmen, setzt sich Grete an die Böschung und schaut in das ruhig fließende Wasser. Nur die Füße taucht sie noch ein. Ach, war das schön, als sie in den letzten Wochen an einigen Tagen in dem Wasser plantschen konnte, mit all den anderen Kindern. Wie viel Spaß hatten sie dabei! Aber alles geht einmal vorüber, auch die Sommerhitze.

Während sie in Gedanken so auf das Wasser schaut, sieht Grete mitten auf der Schwalm einen großen Käfer schwimmen. Der spreizt die Flügel, will hochfliegen, kommt aber nicht aus dem Wasser. Oh, der kämpft bestimmt um sein Leben! Schnell nimmt Grete ihren Stock, den sie zum Gänsetreiben dabei hat, und hält diesen zu dem Käfer ins Wasser. Vielleicht kann sich der Käfer auf den Stock setzen, dann hat er mal festen Boden unter den Füßen. Und vielleicht kann er dann wegfliegen.

Kaum hat er den Stock erreicht, spreizt er wieder die Flügel und fliegt auf. Gut so, denkt Grete. Aber gleich macht er wieder eine Bruchlandung auf das Wasser. Nur dumm, dass er von Grete weggeflogen ist. Jetzt kann sie ihn nicht mehr mit dem Stock erreichen. Ohne zu überlegen, geht Grete tiefer ins Wasser, um dem Käfer wieder mit dem Stock eine Startbahn, eine Starthilfe zu bieten. Der Käfer treibt immer weiter von ihr weg. Schon steht sie fast bis zu den Oberschenkeln im Wasser. Und der Käfer treibt immer weiter. Dadurch, dass sie ihm im Wasser hinterher stapft, gibt es kleine Wellen, die den Käfer weiter in Richtung des anderen Ufers schwappen. Gerade noch kann sie ihn mit dem Stock erreichen.

Ruhig hält sie mit lang ausgestrecktem Arm den Stock ins Wasser. Ja, der Käfer setzt sich auf den Stock. Schon pumpt er wieder mit den Flügeln. „Jetzt flieg aber bis ans Ufer!", sagt Grete laut zu dem Tier. Bestimmt hat er das nicht verstanden, aber er wird es von sich aus wissen. Der Käfer fliegt jedenfalls in Richtung Ufer, und er erreicht dies auch.

Grete ist richtig froh und glücklich, dass der Käfer das geschafft hat. Wie schön! Jetzt hat sie einem Tier das Leben gerettet. Das gibt ihr ein gutes Gefühl. Da macht es ihr auch nichts aus, dass ihr Kleid etwas nass geworden ist. Oma wird bestimmt nicht schimpfen. Oma mag doch auch Tiere, wenn es auch nur ein kleiner Käfer gewesen ist.

Können Käfer überhaupt fliegen? Vielleicht ist es auch ein Insekt gewesen! So genau konnte Grete das nicht sehen. Egal, was es für ein Tier war, die Hauptsache ist doch, dass es nicht ertrunken ist. Jedes Tier kämpft um sein Leben, möchte doch leben. Und es wollte doch bestimmt nur ein bisschen Wasser trinken. Dabei geriet es in große Gefahr. Aber Grete hat es gerettet.

Heute wird gedroschen

Seit Tagen ist die Getreideernte eingebracht – die Gerste, der Roggen, der Weizen und auch der Hafer lagern in der Scheune. Und die Scheune mit ihren Lagerräumen ist randvoll mit den Garben gefüllt. Jetzt müssen die Ähren aber noch ausgedroschen werden. Und das Dreschen ist schon eine größere Angelegenheit, so hat Oma jedenfalls gesagt. Jeder Bauer muss allerdings warten, bis er mit Dreschen an die Reihe kommt. Die große Dreschmaschine haben sich nämlich alle Bauern von Schwalmdorf zusammen gekauft. Beim Dreschen braucht man viele Leute. Deswegen helfen sich die Bauern gegenseitig. Franciszek hat schon seit Tagen, und manchmal auch Tante Annels, anderen Bauern beim Dreschen geholfen.

Jetzt bekommt Tante Annels die Dreschmaschine. Schon im Morgengrauen ist großer Aufruhr auf dem Hof. Grete ist aufgewacht und schaut dem Treiben zu. Von vier Pferden wird die große Dreschmaschine in die Scheune gezogen. Benno und Fanny hätten die schwere Maschine bestimmt nicht allein ziehen können. Zu viert müssen sich die Pferde noch ganz schön anstrengen.

Ein älterer Mann sorgt dafür, dass alles richtig aufgestellt wird. Oma sagt: „Das ist der Maschinist! Der geht mit der Dreschmaschine und kümmert sich jeden Tag, dass alles läuft."

Schon kommen von allen Seiten Männer und Frauen, Burschen und Mädchen. Alle mit alter Kleidung, die Männer mit Kappe, die Frauen mit umgebundenem Kopftuch. Schließlich soll es beim Dreschen viel Staub geben.

Oma zieht aber nicht besonders alte Kleidung an. Sie braucht, ja sie kann nicht beim Dreschen in der Scheune helfen. Sie muss Tante Annels in der Küche unterstützen. Auch Tante Schneider hilft noch in der Küche mit. Schließlich müssen all die vielen Arbeiterinnen und Arbeiter verköstigt werden. Gestern haben sie schon extra im Backhaus vier Kuchen, Streusel- und Apfelkuchen, und Brot gebacken. Für Frühstück, Mittagessen, Kaffee und Abendbrot braucht man für so viele Helfer schon einiges, da muss viel aufgetischt werden.

Im Flur haben sie extra noch einen Tisch und Stühle aufgestellt. Sicher werden nicht alle am großen Küchentisch Platz haben. Grete hat über fünfzehn Arbeiterinnen und Arbeiter gezählt. Aber als alle zum Frühstück kommen, wundert sich Grete, dass auch Franciszek im Flur Platz nehmen muss. Und da sitzt auch ein Mann, mit dem Franciszek sich lebhaft unterhält. Grete versteht aber nichts. So hat sie Franciszek noch nie sprechen hören. Vielleicht ist das Polnisch. Als Franciszek seinen Arm um den Mann legt und „gut Kamerad!" sagt, ist Grete sicher. Das muss auch ein Pole sein. Bestimmt muss der bei einem anderen Bauern in Schwalmdorf arbeiten.

Und die beiden anderen Männer sprechen auch zusammen, reden aber ganz anders. Und die sind auch anders angezogen, haben so eine Uniform wie Soldaten an. Der eine winkt Grete zu sich und streckt ihr die Hand entgegen: „Bonjour, mon amie!" Grete ist ganz verdattert und weiß gar nicht, was sie sagen und machen soll. Dann deutet er mit seinem Zeigefinger auf seine Brust: „Ich Pierre! Ich Franzos!" Danach zeigt er auf Grete und sieht sie fragend an. Bestimmt will er wissen, wie sie heißt, denkt Grete und stammelt schließlich verlegen: „Grete!" Da sagt der Mann: „Gut Grete!" Dabei legt er seine Hand auf Gretes Schulter und lächelt sie liebevoll an.

Dass auch Franzosen im Schwalmdorf sind, das wusste Grete noch nicht. Bisher hat sie nur von Tante Gretel gehört, dass bei ihnen ein Franzose, der André, arbeiten muss.

Ja, Papa musste am Anfang auch in Frankreich kämpfen. Da werden sie die Franzosen besiegt und gefangen genommen haben. Und dann haben sie die Kriegsgefangenen mitgenommen, dass sie bei uns arbeiten müssen. Bestimmt werden die kein oder nur ganz wenig Geld für ihre Arbeit bekommen. Wer weiß, wie viele Franzosen in Deutschland arbeiten müssen!

Jetzt fällt Grete auch ein, warum Tante Annels noch extra einen Tisch im Flur aufgestellt hat. Der Franciszek darf doch nicht mit am gleichen Tisch wie sie sitzen und sitzt immer am extra Tischchen in der Ecke von der Küche. Da werden der andere Pole und die Franzosen auch nicht mit am großen Tisch in der Küche essen dürfen.

Gut, dass Opa Hermann den André mit am Tisch essen lässt. Das hat jedenfalls Tante Gretel erzählt. Nur wenn der Hund bellt und vielleicht jemand kommt, dann muss sich der André auf seinen extra Platz verziehen. Der Führer und seine Freunde haben nämlich angeordnet, dass man die Kriegsgefangenen nicht gut behandeln darf und nicht mit am Tisch essen lassen darf. Opa Hermann hat aber gesagt: „Wer bei mir arbeitet, der isst auch mit mir!" Das findet Grete sehr gut. Irgendwie mutig! Der Opa macht nicht einfach, was die Freunde von Hitler sagen. Auch wenn sie ihn deswegen bestrafen können. Grete könnte dafür Opa Hermann umarmen.

Dumm, dass Grete jetzt in die Schule muss. Wie gerne wäre sie heute mal daheim beim Dreschen geblieben.

Nach dem Mittagessen geht sie so gleich mit Agnes und Gudrun in die Scheune und sieht der Arbeit zu. Einige werfen die Garben von dem Lagerraum auf die Maschine und eine Frau gibt sie in die Maschine. Dann werden die Ähren in der Maschine geschlagen und durchgeschüttelt, bis alle Körner heraus gerüttelt sind. Hinten kommt dann das leere Stroh heraus und muss weggestapelt werden. Und unten an der Maschine hängen Säcke, in die die Körner laufen. Irgendwie schön, wie das alles funktioniert.

Bevor die vollen Säcke weggetragen werden, wiegt sie ein Mann erst noch auf einer Waage und schreibt dann immer auf, wie schwer die Säcke und wieviele es sind. Grete weiß, im Krieg bekommt jeder alles zugeteilt. Auch die Bauern dürfen nicht einfach alles behalten, was sie auf ihren Feldern ernten. Das hat ihr Oma schon mal gesagt. Da wird Tante Annels bestimmt einige Säcke voll vom Getreide abgeben müssen.

Da es bei der Dreschmaschine sehr staubt und laut ist, verziehen sich Grete, Agnes und Gudrun schnell wieder ins Haus. Dort sehen sie, wie Franciszek und der eine Franzose immer volle Säcke auf den Boden vom Haus tragen. Das muss ganz schön schwer sein, wenn sie die schweren Säcke auf der Schulter über den Hof und dann im Haus die Treppen hoch tragen müssen.

Grete, Agnes und Gudrun wollen mal auf dem Hausboden nachsehen, wie viele Körner sie schon auf den Boden getragen haben. Ja, da liegen schon große Haufen von Körnern – Weizen und Roggen. Grete greift tief in einen Haufen und lässt die Körner durch ihre Finger rieseln. Von so viel Roggen können sie viel Brot backen und die Tiere werden auch genug zu fressen bekommen.

Schon wieder kommt der Franzose mit einem vollen Sack die Treppe hoch und schüttet die Körner auf den einen großen Haufen. Dann nimmt er Gudrun in den Arm und steckt sie in den Sack und tut so, als ob er auf den Sack schlagen wollte. Mit einem ganz grimmigen Gesicht schwingt er schließlich den Sack auf seinen Rücken und trägt ihn die Treppe runter. Grete und Agnes laufen mit Gejohle hinterher. Unten im Flur lässt er Gudrun schließlich wieder aus dem Sack und nimmt sie ganz liebevoll in den Arm. Gudrun ist noch ganz benommen. Erst als sie Grete und Agnes lachen sieht, kann sie auch ein bisschen lächeln. Ja, der Franzose wollte mal einen Spaß machen. Vielleicht hat der Mann in Frankreich auch Kinder. Oh, Grete mag gar nicht weiter denken!

Ob die beiden Franzosen und Franciszek und der andere Pole heute Abend auch einen Dreschschnaps bekommen? Das hofft Grete jedenfalls. Oma hat nämlich gesagt, dass, wenn die Arbeit beendet ist und alle zusammen zu Abend essen, jeder einen Dreschschnaps bekommt. Grete fände das jedenfalls sehr, sehr ungerecht, wenn die vier keinen Schnaps bekämen. Schließlich haben alle, auch die vier, hart gearbeitet.

Brief von Ingrid

Als Grete zum Mittagessen in die Küche geht, sieht sie einen Brief neben ihrem Teller liegen. „Gretchen, du hast Post!", sagt Oma. „Den Brief hat die Postbotin gerade gebracht." Grete ärgert sich ein bisschen. Jeden Tag hat sie auf die Postbotin gewartet, ob sie vielleicht einen Brief für sie hat. Und heute hatte sie einen Brief für sie, und da hat Grete die Postbotin verpasst.

Ein Brief von Mama und Papa kann es nicht sein. Die Feldpostbriefe sehen anders aus, das sieht sie von Weitem. Grete zittert etwas vor Aufregung, als sie nach dem Brief greift. Auf den ersten Blick kann sie gar nicht erkennen, von wem der Brief ist. Wer schreibt ihr aus dem Riesengebirge? I. Müller – wer kann das sein? Erst jetzt fällt Grete ein, dass Ingrid mit Nachnamen Müller heißt. Ja, Ingrid hat geschrieben! „Juhu!", platzt Grete nun heraus.

Oma reicht ihr ein Messer. Umständlich schneidet Grete den Brief auf, Oma hätte ihr ja auch ein spitzes Messer geben können. Endlich kann Grete lesen: *„Liebe Grete! Aus dem Riesengebirge sende ich Dir herzliche Grüße. Ich bin hier in einem Kinderheim. Die Tanten sind sehr streng. Alle Mädchen schlafen in einem Raum. Nachts weinen einige laut und wollen zur Mama. Dann muss ich auch immer weinen. Wo Inge und Gerlinde sind, weiß ich auch nicht. Herzliche Grüße. Deine Ingrid."* Unter die Zeilen hat Ingrid noch hohe Berge und obenauf ein großes Haus gemalt. „Das Kinderheim wird auf einem Berg liegen", meint Oma. „Und das Riesengebirge ist weit weg." „Oh, arme Ingrid! Du tust mir leid!", jammert Grete. Wie schlimm, dass Ingrid keine Oma hat, zu der sie gehen könnte. Und ihre Mutter muss doch immer in der Henschelfabrik arbeiten, das hatte sie Grete schon mal erzählt. Und Grete weiß, dass in der großen Fabrik Panzer gebaut werden. Da muss man arbeiten, mithelfen, ob man will oder nicht.

Grete umarmt ihre Oma ganz lieb und hat Tränen in den Augen. Zu sagen braucht Grete nichts. Oma hat verstanden und streicht Grete ganz zärtlich über den Kopf. Ja, wie gut, dass sie beieinander sind!

Die Schwalben fliegen nach Süden

„Wenn sich die Schwalben versammeln, ist der Sommer vorbei!", sagt Oma, als sie mit Grete auf der Bank vor dem Haus sitzt und sie eine Menge Schwalben auf der Stromleitung sitzen sehen. „Vielleicht beratschlagen die, auf welchem Weg sie nach Afrika fliegen wollen", erwägt Grete. „Ja, das ist schon ein kleines Wunder, wie die den Weg dahin und im nächsten Jahr wieder zurück finden", meint Oma. „Vielleicht zeigen die alten Schwalben den jungen den Weg!" gibt Grete zu bedenken. „Vielleicht wollen die jungen aber auch ihren eigenen Weg fliegen – auch bei den Menschen wollen die jungen oft ihren eigenen Weg gehen", hält Oma dagegen. Wer weiß, wie es bei den Schwalben ist, denkt Grete. Und ob das überhaupt die gleichen Schwalben sind, die auch im vorigen Jahr in den Nestern gebrütet haben? Das weiß Oma aber auch nicht genau, das nimmt sie nur an. Die jungen Schwalben, die in diesem Jahr geboren sind, werden sich im nächsten Jahr aber auf alle Fälle selbst ein neues Nest bauen müssen, denkt Grete. Sie sieht noch vor sich, wie die Schwalben im Frühjahr einen Brocken Erde nach dem anderen an die Wand geklebt haben, um sich ein Nest zu bauen. Damals war sie gerade auch erst ein paar Tage in Schwalmdorf. Aber sie hatte bei Oma ein gemachtes Nest, ein schönes Bett, vorgefunden.

Die einen Schwalben haben ihr Nest im Stall unter der Decke an die Wand gebaut, andere außen an der Hauswand unter dem Dachvorsprung. „Die Erde kleben sie mit ihrer Spucke fest, sonst würde die doch nicht hängen bleiben!", erklärt Oma, als ob sie Gretes Gedanken erraten hätte. Schließlich hat Grete gerade darüber nachgedacht, wie die Nester an der Wand wohl so hängen bleiben. Ja, was so kleine Tiere alles können! „Die Schwalben, die im Stall ihr Nest bauen, machen das anders als diejenigen, die außen nisten", erzählt Oma weiter. „Und diese Schwalben sehen auch etwas anders aus, sind von einer anderen Rasse." Das ist Grete noch gar nicht aufgefallen. Oma kennt sich eben gut aus. Ihr fällt aber nicht mehr ein, wie die unterschiedlichen Schwalben heißen – in der Schule hatte sie es mal gelernt. Da könnte Grete eigentlich mal Lehrer Stöcklein fragen. Hoffentlich denkt sie morgen daran.

„Ach, die Schwalben sind auch wirklich große Flugkünstler!", meint Oma. „Beim Fliegen machen sie ihren Schnabel weit auf und fangen so Fliegen und andere Insekten." Das weiß Grete, das hat sie schon oft beobachtet. „Aber du weißt bestimmt noch nicht, dass man am Flug der Schwalben erkennen kann, wie das Wetter wird", bemerkt Oma weiter. „Das glaube ich nicht!", entgegnet Grete. „Doch glaube mir! Ein alter Spruch sagt: ‚Wenn Schwalben niedrig fliegen, wird man Regenwetter kriegen! Fliegen sie bis in die Höhn, bleibt das Wetter noch recht schön!'" Ob das stimmt, will Grete auch Lehrer Stöcklein fragen. Vielleicht weiß er auch, warum das so ist oder das so sein soll.

Grete weiß nur, dass die Schwalben, wenn sie etwas gefangen haben, flugs zurück zum Nest fliegen. Da warten nämlich drei, vier Junge auf einen Leckerbissen und sperren ihren Schnabel weit auf. Das hat Grete schon öfter beobachtet und war davon fasziniert. Aber ob die Schwalbenmutter oder der Vater die Jungen der Reihe nach gefüttert und keinen bevorzugt haben, das konnte Grete nicht feststellen. Irgendwie müssen Mutter und Vater die Nahrung aber gerecht verteilt haben. Schließlich sind alle Jungen groß geworden.

Aber ein Schwälbchen hat trotzdem nicht überlebt. Als es größer war und erste Flugversuche machte und sich mal auf die Erde setzte, hat es die Katze gefangen. Grete wollte es noch retten, aber dann war es schon stark verletzt und die Katze schleppte es davon. Das arme Schwälbchen! Und da hat auch nicht geholfen, dass Grete der Katze zurief: „Winz, komm! Ich gebe dir was Anderes zum Fressen! Das Schwälbchen will doch auch leben!" Oma meint dazu nur, dass Katzen ja Tiere sind, und die handeln nach ihrem Instinkt. „Bei den Tieren heißt es: Fressen und/oder gefressen werden!", sagt Oma, und nach einer Weile sagt sie noch leise im resignierenden Ton hinterher: „Bei den Menschen kommt es mir manchmal auch so vor! Aber die müssten doch eigentlich Verstand haben!"

Grete weiß nicht, was sie darauf sagen soll und ist ein bisschen traurig geworden. Ja, es gibt es viel Wundersames auf der Welt, aber auch so viel Schreckliches. Ob sie die Schwalben mit ihrem wetzenden Gezwitscher im nächsten Jahr wiedersehen wird? Ob sie dann noch bei Oma ist und ob die Schwalben den weiten Flug überleben? Wer weiß!

Grete und Anneliese tauschen die Kleider

Da Lehrer Stöcklein für Morgen eine Rechenarbeit angekündigt hat, möchte Grete nochmals mit Anneliese zusammen ein bisschen üben. So sitzen sie in Omas Küche und fragen sich nun gegenseitig das Einmalsechs und Einmalsieben ab… Und während Grete die Aufgaben stellt und Anneliese dabei so fragend über den Tisch eingehend ansieht, kommt Grete der Gedanke, dass Anneliese eigentlich sehr hübsch aussieht. Mit dem Schnatz auf dem Kopf wirkt das Gesicht irgendwie allerliebst. Ja, in der Tracht sieht Anneliese überhaupt schön aus, so ganz anders als sie, ein bisschen märchenhaft schön.

Am liebsten würde Grete auch mal Tracht anziehen und sehen, wie das bei ihr aussieht. Kaum hat sie das gedacht, fragt sie schon: „Anneliese, wollen wir mal die Kleider tauschen? Ich würde gerne mal deine Tracht anziehen." Anneliese sieht Grete ganz verblüfft an. Doch nach einem kurzen Innehalten stimmt sie zu: „Eigentlich eine gute Idee. Ich wollte schon immer mal so aussehen wie du, so ein Kleid wie deins anziehen."

Schon vergessen sie, warum sie sich eigentlich heute getroffen haben. Und so stehen sie schließlich in der Unterhose in Omas kleiner Küche, als Oma hereinkommt. „Oh, was geht hier denn vor?", fragt Oma verwundert. Aber sie kann es sich gleich denken: „Ach, ein Kleidertausch!" „Ja, ich möchte doch mal so aussehen wie Anneliese", sagt Grete kurz und stülpt sich zunächst das Hemd und dann einen Rock über den Kopf. Bei Oma hat sie schließlich schon oft gesehen, wie man Tracht anzieht. Die beiden Röcke hat sie schnell übergezogen, aber die Jacke ist ihr etwas zu eng. Schade! „Warte!", sagt Oma. „Ich habe doch noch in der Truhe ein Jäckchen von mir – das passt dir bestimmt!" Und schon geht Oma ins Schlafzimmer und wühlt in der Truhe. Ja! Von unten holt sie ein Jäckchen hervor, das könnte passen. Und das ist auch noch eine besonders schöne Rosenjacke. „Die habe ich als Kind sonntags angezogen!", sagt Oma und hält die Jacke Grete hin. „Die passt eigentlich nicht zu den Werktagsröcken von Anneliese", meint Oma. „Dazu müsstest du genau genommen drei Sonntagsröcke anziehen. Und außerdem: Jetzt im Krieg ziehen wir doch keine bunte Tracht an." Ja, Grete weiß, jetzt im Krieg kleidet sich Oma wie alle Schwälmerinnen nur ganz in Schwarz. Das machen die so wegen der gefallenen Soldaten aus dem Dorf; acht Soldaten von Schwalmdorf sind nämlich schon im Krieg gestorben – gefallen, wie man dazu sagt. Dass alle im Dorf deswegen traurig sind und das mit Trauerkleidung zeigen, das findet Grete eigentlich gut. „Aber du trägst die Tracht ja nur mal so", meint Oma. „Da kannst du auch die Rosenjacke anziehen – ihr geht außerdem nicht raus – und die guten Sonntagsröcke willst du ja sowieso nicht anziehen."

Grete weiß, dass die Sonntagsröcke unten eine schöne Borte haben. Solche Röcke hatte Oma schon mal Grete gezeigt. Bei Kindern und Jugendlichen ist der Besatz rot, bei verheirateten Frauen dann grün, bei älteren Frauen schließlich violett und im Alter und bei Trauer trägt man nur noch Röcke mit einer kleinen schwarzen Borte. So hatte das Oma erzählt, als sie mal Grete all ihre Röcke im Schrank gezeigt hatte. Damals hatte sich Grete doch gewundert, dass Oma sich nur immer ganz schwarz kleidet, obwohl sie so schöne Röcke im Schrank hängen hat.

„An dem Besatz der Röcke konnte man erkennen, wie reich derjenige war – breitere Borten waren teurer", hatte Oma noch gesagt. „Und je mehr Röcke man anhatte, desto stolzer war man." Daran muss Grete denken, als sie merkt, wie schwer die Röcke sind. Und da fiel ihr unvermittelt der Spruch ein: „Wer schön sein will, muss leiden!" So viele Röcke sind schließlich recht schwer. Die zwei Röcke, die sie jetzt anhat, sind doch auch schon etwas schwerer als ihr leichtes Kleidchen. Aber Anneliese meint, dass man sich daran gewöhne. Jetzt, da sie das leichte Kleidchen von Grete anhat, kommt es ihr vor, als ob ihr etwas fehle, als ob sie fast gar nichts anhabe.

Zur Tracht gehört auch die richtige Frisur, das weiß Grete. Und so lässt sie sich von Oma auch den Schnatz frisieren. „Schade, dass dich Opa so nicht sehen kann!", meint Oma. "Er hätte sich bestimmt gefreut, wenn du Tracht trägst." Ja, Oma hatte Grete schon mal erzählt, wie traurig Opa war, als seine Tochter – Gretes Mama – die Tracht nicht mehr anziehen und sich so wie die Städter kleiden wollte. Mama hatte ja dann Papa geheiratet und ist mit ihm nach Kassel gezogen. Und in Kassel hätte sie sich nicht in Tracht kleiden können. Da wäre sie in dieser Kleidung sehr aufgefallen. Schwälmersch kleidet man sich doch nur in der Schwalm.

"Aber auch in der Schwalm tragen nicht mehr alle Tracht", sagt Oma. "Immer mehr Mädchen wollen jetzt auch wie die Städter vornehm sein und ziehen Kleider an." Ja, Grete hatte sich schon gewundert, warum Anneliese die einzige von ihrem Schuljahr ist, die noch Tracht trägt. Nur einige ältere Mädchen haben auch noch Tracht. "Meine Mutter wollte, dass ich Tracht anziehe, dann braucht sie für mich keine Kleider zu kaufen", sagt Anneliese ein bisschen traurig. "Die Tracht hat sie doch noch von früher, die hat sie schon getragen." "Aber die Tracht ist doch auch schön!", gibt Grete schnell zu bedenken. "Mir gefällst du jedenfalls in Tracht!" Und nachdem Grete an sich heruntergeschaut hat, ergänzt sie noch: "Und ich gefalle mir auch in Tracht."

Oma hängt den Spiegel von der Wand ab, damit sich Grete darin betrachten kann. "Oh!", bringt Grete nur ein bisschen verwundert heraus. "Wie sehe ich denn aus?!" Ja, wie die Frisur doch das Aussehen verändert! Und dann auch noch die Kleidung!

Oma meint: "Noch stimmt alles nicht so richtig – es fehlen noch die richtigen Strümpfe, die Schwälmer Schuhe und die Kappe – und überhaupt." Grete fühlt sich aber schon ein bisschen wie ein richtiges Schwälmer Mädchen. Sie ist ja auch schon fast ein halbes Jahr bei Oma in Schwalmdorf. Irgendwie ist sie da doch auch schon ein bisschen eine Schwälmerin – aber nur ein bisschen.

Das Wintergetreide wird gesät

Nach dem Dreschen könnte die Arbeit für dieses Jahr doch eigentlich beendet sein! So denkt jedenfalls Grete. Schließlich ist die Ernte nun eingebracht, zumindest die Getreideernte. „Man muss jetzt doch schon wieder an nächstes Jahr denken! Damit man dann wieder etwas ernten kann!", entgegnet Hans entrüstet und spannt die Pferde an. Ja, für die Bauern gibt es immer Arbeit. Heute will Hans wohl pflügen. Er spannt nämlich Benno und Fanny vor den Ackerpflug. So viel weiß Grete schon. Den Ackerpflug kennt sie noch vom Frühjahr. „In den nächsten Tagen muss die Wintergerste gesät werden, dann der Roggen, danach der Weizen", meint Hans und fährt mit den Pferden davon. Grete weiß, dass nach dem Pflügen die Erdklumpen mit der Egge und vielleicht noch mit der Walze zerkleinert werden, bevor dann mit der Sämaschine wieder gesät werden kann. Kaum ist das eine geerntet, wird auf das Land schon wieder das nächste ausgesät. Ein schöner Kreislauf, denkt Grete.

„Aber man darf nicht immer dasselbe auf das gleiche Land säen", gibt Oma zu bedenken. „Es sollte immer ein Fruchtwechsel sein!" Ja, die Bauern müssen schon gut Bescheid wissen, damit sie alles richtig machen. Hans wird vieles von seinem Vater und der wieder von seinem Vater abgesehen, gelernt haben. Aber als der Onkel Hannjerr in den Krieg musste, war Hans doch erst zehn Jahre alt. Vielleicht sagt ihm dann Tante Annels, wie es am besten gemacht wird. Für seine 13 Jahre kann Hans wirklich schon sehr, sehr viel. Aber bestimmt noch nicht so viel wie ein alter Bauer. „Aus Erfahrung wird man klug!", meint Oma. „Aber manchmal will man es besonders gut machen, und dann macht einem das Wetter einen Strich durch die Rechnung!" Ja, das hat Grete auch schon erlebt. Am Abend zuvor sagte Oma, dass sie morgen dieses oder jenes tun wollen. Aber dann regnete es und sie konnten es nicht tun. So wird es allen Bauern immer wieder ergehen. Grete würde sich dann jedenfalls auch ärgern. Wenn sie sich etwas vorgenommen hat, dann möchte sie das auch tun. Egal, wie!

Die Kartoffelernte beginnt

„Die Herbstferien bekommt ihr extra, damit ihr tüchtig Kartoffeln lesen könnt!", sagte Lehrer Stöcklein, bevor er die Kinder in die Ferien entließ. Und betonte noch: „Ich will keine Klagen hören!" Ja, Oma hatte auch schon gesagt: „In den Ferien werden die Kartoffeln ausgemacht." Da wußte Grete gleich, dass sie sich mit Hilde und Anneliese nicht zum Spielen verabreden kann.

Kartoffeln auflesen, das können doch auch schon Kinder, auch schon kleinere.

Und so hat Tante Annels nicht nur Grete, sondern auch Agnes zum Helfen eingeplant und auch für sie eine Kaffeetasse eingepackt. Als Hans die Pferde anspannt, möchte auch Gudrun mit und nicht allein zu Hause bei Oma Schneider bleiben. So holt Tante Annels schnell noch eine Kaffeetasse mehr.

Grete möchte sich gerne mal wieder mit auf dem Kutscherbock setzen. Ja, sie würde zu gerne wieder einmal ein Stückchen die Pferde fahren. Gut, dass Hans zustimmt und ihr auf gerader Strecke auch die Leitseile übergibt. Wie schön! Wie Fanny und Benno so einträchtig nebeneinanderherlaufen! So, als ob sie schon wissen, wo es hingehen soll. Da will Grete doch mal ausprobieren, ob die beiden auch auf ihre Anweisung reagieren und zieht an den Leitseilen nach rechts. Schon gehen die beiden etwas nach rechts. „Willst du uns in den Graben fahren!", sagt Hans gleich entrüstet und nimmt ihr die Leitseile wieder ab. Ach, Grete wollte doch nur mal ein bisschen ausprobieren, ob die Pferde auch das machen, was sie befiehlt. Damit sich Hans nicht weiter aufregt, setzt sich Grete nun auch hinten auf den Wagen zu den anderen.

Auf dem Kartoffelacker angekommen, müssen Hans und Franciszek mit dem Kartoffelroder erst einmal die Kartoffeln ausroden. Von einigen Reihen rodern sie die Kartoffeln mit der kleinen Maschine, die hinten so ein Rad mit langen Zinken, Stacheln, hat, aus der Erde, so dass die Kartoffeln herausgeschleudert werden und schließlich verstreut auf dem Boden liegen. Nun müssen die vielen Kartoffeln aufgelesen werden. Tante Annels stellt drei Körbe hin und erklärt: „In den Korb werft ihr alle kleinen Kartoffeln – die kochen wir für die Schweine –, und in diesen Korb kommen die dicken – die sind für uns zum Essen." Und dann zeigt sie auf den dritten Korb und sagt: „In den werft ihr die mittelgroßen – das gibt Setzkartoffeln, die setzen wir im nächsten Frühjahr, damit wir nächstes Jahr wieder Kartoffeln haben." Das hat Tante Annels nicht nur für Grete und Agnes erklärt, sondern bestimmt auch Tante und Opa Schneider. Schließlich werden die in Essen keine Kartoffeln angebaut haben.

Als sich alle nach den Kartoffeln bücken und diese in die Körbe werfen, möchte auch Gudrun helfen. Sie hat das aber mit den Körben für Kleine-Dicke-Setzer wohl nicht richtig kapiert, verstanden, und wirft schon mal ihre Kartoffeln in den verkehrten Korb. „Das ist kein Beinbruch", meint Oma und berichtigt den Fehler. Grete muss sich anfangs auch ganz schön konzentrieren, dass sie richtig sortiert. Ganz leise sagt sie noch: „Kleine-Setzer-Dicke!" beim Werfen vor sich hin.

Schon sind die ersten Körbe voll. Franciszek soll die vollen Körbe in Säcke ausschütten. Das ist Männerarbeit. Hoffentlich verwechselt er beim Einschütten nicht die Säcke, sonst wäre das ganze Sortieren umsonst, denkt Grete und beobachtet, wie er auf einen Sack ein paar Stengel und auf den anderen einen Klumpen Erde legt. Ja, Franciszek weiß sich doch zu helfen. Dann muss er nicht immer erst nochmals in den Sack sehen, welche Kartoffeln er bereits hinein geschüttet hat.

Bald haben sie schon von einem großen Stück die Kartoffeln aufgelesen. Grete zählt schon über zehn volle Säcke. „Jetzt wollen wir erst einmal Kaffee trinken!", sagt Tante Annels. Ja, auf das Kaffeetrinken hat Grete schon gewartet. Auf dem Feld zu essen, das findet sie immer sehr schön. Aber jetzt hat sie ganz schmutzige Hände. Und Agnes und Gudrun zeigen auch ihre Hände und sehen sie fragend an. „Dreck fegt den Magen!", sagt Oma nur kurz und stellt die Kaffeetassen auf die Decke, die Tante Annels auf der Erde ausgebreitet hat. Und Franciszek und Opa Schneider binden drei Säcke zu und legen sie zum Daraufsitzen um die Decke. Tante Annels schneidet jedem eine dicke Scheibe Brot ab und schon greifen alle zum Messer und schmieren sich etwas Butter und Apfelbrei auf das Brot. Wie gut das an der frischen Luft schmeckt!

Als es nach dem Kaffeetrinken wieder mit der Arbeit weitergeht, muss sich Grete schon ein bisschen aufraffen. Am liebsten würde sie sich

jetzt ausruhen. Aber sie kann jetzt nicht kneifen. Die anderen strecken sich auch erst einmal nach dem Aufstehen ein bisschen, legen dabei die Hand auf den Rücken und atmen mal tief durch. Ja, denen tut bestimmt der Rücken auch weh. Die Bauern müssen ganz schön hart und viel arbeiten!

Gerade als es zu Abend läutet, sind sie mit Auflesen der heute ausgeroderten Kartoffeln fertig. Aber noch lange nicht mit allen Kartoffeln. Da werden sie noch einige Tage zu tun haben. Für heute haben sie sich jedenfalls die richtige Portion Arbeit vorgenommen. Wie gut, dass das Geläut Einhalt gebietet, denkt Grete. Morgens, mittags und abends gibt die Glocke doch die Uhrzeit an. Dann wissen die Leute auf dem Feld und auch im Dorf genau, wieviel Uhr es ist – schließlich haben sie keine Uhr dabei. Und das Abendgeläut zeigt eben an, dass man zumindest die Arbeit auf dem Feld beenden sollte – die Tiere wollen doch auch noch versorgt sein.

Franciszek und Hans werfen nun die vollen Säcke auf den Wagen und Opa Schneider stapelt sie auf dem Wagen übereinander. Als alle Säcke aufgeladen sind, ist der Wagen hoch beladen. Und oben auf die Säcke setzen sich schließlich noch alle. Aber Fanny und Benno laufen so flott, als ob der Wagen gar nicht schwer ist. Grete sagt zu Agnes und Gudrun: „Die Pferde wissen, dass es heimgeht, dann freuen sie sich und beeilen sich." Ja, das hat Grete schon mal erlebt, als sie im Frühjahr Steine gelesen haben. Damals sind die Pferde fast im Trab heim gelaufen. Daran muss Grete gerade denken. Und sie denkt wieder einmal: Was Tiere doch so alles wissen! Wie klug die sind! Dabei schnalzt sie mit der Zunge im Takt der Schritte. Irgendwie ist sie auch schon wieder etwas munterer geworden als am Ende beim Auflesen der Kartoffeln. Vielleicht geht es ihr wie den Pferden. Aber morgen soll es ja schon wieder weitergehen. Dann wird ihr der Rücken noch mehr weh tun.

Im Kartoffelfeuer werden Kartoffeln gebraten

Eine Woche lang haben sie jeden Tag Kartoffeln ausgemacht. Jetzt sehen sie nochmals nach, ob sie welche übersehen haben. Hans eggt mit Fanny und Benno extra nochmals mit der Egge über das Land und durchkämmt die Erdkrume. Da kommen doch noch ganz schön viele Kartoffeln zum Vorschein. Und diese Eggekartoffeln wollen sie nun auch noch auflesen.

Franciszek trägt mit der Gabel das dürre Kartoffelkraut, die Stengel, auf Haufen zusammen. Dann zündet er das Kraut an. Oh, wie das knistert und zischt! Und der Rauch von den Feuern geht in die Nase. Ja, es qualmt stark. Trotzdem hält sich Grete gerne in der Nähe der brennenden Haufen auf. Schließlich ist es heute sehr kühl, ja schon recht kalt geworden. Und der Wind pfeift um die Ohren. Da tut die Wärme von den Feuern gut. Irgendwie ist es heute so richtig Herbst geworden.

Franciszek schüttelt die Feuer mit der Gabel immer etwas auf, damit alle Krautstengel verbrennen. Bald sind die Haufen schon ziemlich abgebrannt. Da winkt Franciszek Grete zu, dass sie zu ihm kommen soll und sagt: „Kartoffel in Feuer, dann essen!" Franciszek macht das auch nochmals mit Handbewegungen deutlich. Ja, Grete hat verstanden und wirft zwei Kartoffeln, die sie gerade in den Händen hält, in die Glut. Ob sie das richtig gemacht hat? Oma nickt mit dem Kopf: „Wirf noch ein paar mehr Kartoffeln in die Glut. Dann können wir alle nachher eine geröstete Kartoffel essen." Oh, das macht Grete gerne und sucht noch extra schöne Kartoffeln. Die werden doch hoffentlich in der Glut nicht verbrennen. Und wie werden sie am Ende schmecken? Solche Kartoffeln hat Grete schließlich noch nie gegessen.

Als sie sich wieder weiter mit den anderen nach Kartoffeln umsieht und diese in den Korb wirft, schaut sie immer mal nach der Feuerglut, in der die Kartoffeln garen. Aber jetzt muss sie Geduld haben und abwarten. Es braucht seine Zeit, bis die Kartoffeln weich sind. Das ist beim Kochen auf dem Herd auch so.

Als alle Eggekartoffeln aufgelesen sind, sagt Tante Annels schließlich kurz: „Kommt!" und winkt mit dem Arm alle herbei. Franciszek hatte schon mit der Gabel die Kartoffeln aus der Glut gekratzt. „Oh, die sind ja ganz schwarz!", denkt Grete laut. "Schwarz ist nur die Schale!", beruhigt sie Oma und reicht ihr eine Kartoffel, bei der sie schon etwas Schale abgepellt hat. Grete zögert, diese anzufassen – vielleicht ist die Kartoffel noch heiß. Oma entkräftet ihre Bedenken: "Die ist nur noch ein bisschen warm!" Und hat sie ja auch schon in die Hand genommen.

Gerade richtig zum essen, denkt Grete und beißt hinein. Oh, wie gut die schmeckt! Das denken bestimmt auch Tante und Opa Schneider, sie beißen jedenfalls herzhaft in die Kartoffel. Schade, dass heute Agnes und Gudrun nicht mit dabei sind! Die hätten sich bestimmt auch über die Kartoffeln aus dem Kartoffelfeuer gefreut. Hoffentlich bleiben noch zwei übrig, dann kann sie ihnen noch welche mitnehmen.

Schon geht's heimwärts. Grete zählt die Säcke auf dem Wagen. Fünf Säcke voller Kartoffeln haben sie heute noch auf dem Land gefunden. Das wäre doch schlimm gewesen, wenn die liegengeblieben wären. "Wenn in den nächsten Tagen das Feld geackert wird, dann gehen wir nochmals hinter dem Ackerpflug her", sagt Tante Annels. "Dann finden wir nochmals ein paar Körbe voll." Oma nickt mit dem Kopf und meint: "Die Ackerkartoffeln sind doch noch gut für die Schweine!" Und Tante Annels gibt noch zu bedenken: "Und wenn wir dann auf dem Land wieder säen, dann finden wir immer noch ein, zwei Körbe voll Säkartoffeln." Ja, dann möchte Grete wieder beim Lesen helfen. Das wäre doch eine Sünde, wenn die verkommen. Sie erinnert sich, dass vor einiger Zeit eine Frau aus Kassel kam und fragte, ob sie etwas zu essen haben könnte. Und als ihr Oma ein paar Kartoffeln gab, war die Frau ganz froh und dankbar. Ihr "Vergelt s Gott!" hat Grete noch im Ohr.

Ja, vielleicht werden sich noch Leute auf dem Feld liegengebliebene Kartoffeln auflesen. Das denkt sich Grete jedenfalls so. Schließlich haben nach der Getreideernte doch noch Leute aus dem Dorf oder aus Kassel immer nochmals nachgesehen, ob sie nicht doch noch Ähren finden. So wird das auch bei den Kartoffeln sein.

Agnes kommt in die Schule

„Oma, bekommt Agnes keine Zuckertüte?", fragte Grete besorgt und etwas entrüstet schon Tage vor der Einschulung von Agnes. Nach den Herbstferien kommt Agnes nämlich in die Schule, und Grete sorgt sich doch ein bisschen um sie. „Hier auf dem Dorf bekommt kein Kind eine Zuckertüte", sagte Oma kurz angebunden. „Bei uns gibt es so etwas nicht." Oh, das ist aber schade, dachte Grete. Schließlich hatte sie sich so darüber gefreut. In Kassel hatten doch alle Mädchen und Jungen eine Zuckertüte.

Das war im Frühjahr 1940, und da war doch auch schon Krieg, Papa war jedenfalls schon weg. Als sie damals mit ihrer Mutter zur Schule gegangen ist, hatte ihre Mutter die Zuckertüte getragen. Das sieht Grete noch vor sich. Und Fräulein Schön, die Lehrerin, hatte ihr diese dann überreicht. Anschließend hatten sich alle Kinder mit der Zuckertüte im Arm mit Fräulein Schön zum Foto aufgestellt. Und das Foto hat sich Grete schon oft betrachtet. Damals hatte sie gerade vorne eine große Zahnlücke. Das sah ein bisschen komisch aus. Aber die meisten Kinder hatten auch gerade keine Schneidezähne. „Bei uns sind Zuckertüten noch keine Mode!", ergänzte Oma nach einer Weile noch. „Ich hatte deiner Mutter ein paar Bonbons in ein Taschentuch eingewickelt. Zuckertüten wurden erst seit zehn, zwanzig Jahren an die Schulanfänger gegeben. Aber auch nur erst in den Städten." Oh, da hatte sie aber Glück, dass sie in Kassel eingeschult worden ist, dachte Grete.

Ja, sie weiß noch ganz genau, was in der Zuckertüte war – ein Päckchen Buntstifte, die Ursula, die Puppe, die Mama genäht hatte, ein paar Bonbons und ein Paar gestrickte Kniestrümpfe. Und wie sehr hatte sie sich darüber gefreut! Wenn Agnes doch auch etwas Schönes bekäme!

Tante Schneider hat jedenfalls schon an ein Geschenk für Agnes gedacht und für die kalte Jahreszeit ein Paar fein gestrickte braune Baumwollstrümpfe besorgt. Die hat Tante Schneider schon vor Wochen für die Kleidermarken gekauft, aber für den großen Tag aufgehoben. Das hat sie Oma jedenfalls erzählt, als diese damals fragte. „Und noch ein paar Bonbons, dann ist es doch wenigstens etwas!", meinte Oma. Und eine nicht gebrauchte, nicht zerknitterte Papiertüte wollte Oma noch bei der Frau vom Kaufmannsladen holen. Nun war Grete ein bisschen beruhigt. Die Schiefertafel und den Griffel wird Agnes von Hans bekommen – der braucht das nicht mehr. Und Opa Schneider hat schon einen Griffelkasten aus einem leeren Zigarrenkasten gemacht. Nur: Einen Schulranzen hat Agnes noch nicht, dachte Grete. „Ich habe die Tafel und den Griffelkasten und später die Hefte und Bücher unter den Arm genommen, das ging auch!", meinte Oma. „Damals hatten die meisten Kinder noch keinen Schulranzen." Und nach einer Weile ergänzte Oma noch: „Für deine Mama habe ich dann erst im fünften Schuljahr einen schönen Lederranzen beim Sattler machen lassen. Erst hatte die auch keinen!" Oh, dann hat sie ja schon vieles gehabt, was ihre Mutter und ihre Oma noch nicht hatten, dachte Grete.

Und: Nur seltsam, dass Agnes erst nach den Herbstferien in die Schule kommt, Grete war doch nach den Osterferien eingeschult worden. Darüber hatte sich Grete schon gewundert. Aber Oma meinte, dass seit vorigem Jahr alle Kinder in ganz Deutschland im Herbst in die Schule kämen, dass das umgestellt worden sei. Nun ja, das ist ja eigentlich auch egal, wann das Schuljahr beginnt, dachte Grete. Sie ist jedenfalls Ostern in die Schule gekommen und jetzt wieder Ostern ins neue Schuljahr, ins dritte, versetzt worden. Und für sie wird das neue Schuljahr weiter immer Ostern anfangen, für die neuen Schüler dann eben im Herbst.

Als sie eingeschult wurde, war es jedenfalls auch kühl, so wie heute. Daran muss Grete denken, als sie mit Agnes nun gemeinsam zur Schule geht – Tante Schneider begleitet sie mit der braunen Einkaufstüte in der Hand. Noch weiß Agnes nicht, was in der Tüte ist. Bestimmt wird sie sich über die Strümpfe und die Bonbons freuen. Die langen Strümpfe hätte Agens schon heute bei dem kühlen Wetter gebraucht, aber dann hat sie wenigstens ein kleines Geschenk, über das sie sich freuen kann. So denkt sich das jedenfalls Grete.

„Freust du dich auf die Schule?", will Grete noch von Agnes wissen. Aber die zuckt nur mit den Schultern. „Lehrer Stöcklein ist ein bisschen streng!", meint Grete. „Aber gerecht ist er. Du brauchst keine Angst zu haben! Nur freche Jungen schlägt er manchmal!", beruhigt Grete

Agnes noch. Aber das hat sie ihr doch schon erzählt, auch alles, wie das hier in der Schule mit den verschiedenen Schuljahren in einer Klasse so ist. Trotzdem ist Agnes ein bisschen aufgeregt. Das versteht Grete und legt ihren Arm um Agnes.

Als Grete mit den anderen Schulkindern den Erstklässlern das Lied „Grün, grün, grün sind alle meine Kleider!" vorsingen, und Agnes mit den anderen Anfängern vorne an der Tafel steht, schaut Grete fest zu Agnes. Aber Agnes merkt das wohl gar nicht, weil sie verschüchtert auf den Boden sieht. Erst als sie singen „Grau, grau, grau sind alle meine Kleider, weil mein Schatz der Lehrer ist!" und alle lustig auf Lehrer Stöcklein zeigen, und dieser beschämt wegsieht, schaut auch Agnes auf und lächelt ein wenig. Ja, nun ist der Bann gebrochen.

Allen sieben Erstklässlern überreicht Lehrer Stöcklein dann eine kleine Tüte. Schön, dass alle etwas bekommen haben! Zwar nicht viel, aber wenigstens eine Kleinigkeit, denkt Grete.

Als Agnes mit den anderen Erstklässlern in eine Ecke des Klassenraumes gesetzt wird und die Mütter nach Hause gehen, schaut sich Agnes erst einmal nach Grete um. Und Grete winkt ihr etwas zu. Gut, dass Agnes wenigstens Grete schon kennt. Von den anderen Kindern hat sie schon mal einige gesehen, als sie mit den Gänsen an der Schwalm waren oder in der Schwalm gebadet haben. Hildegard und Anneliese kennt sie aber schon besser, weil die doch immer schon mal zur Grete kamen. So ist Agnes doch nicht mehr so ganz fremd hier, findet Grete.

Zuerst sollen sich die Erstklässler selbst ganz groß auf ihre Tafel malen. Lehrer Stöcklein sagt, dass sie ja jetzt im Krieg keinen Fotografen hätten, und da wäre es doch schön, wenn sich jeder selbst malen würde. Und dann könnten sie ja mal die Bilder zusammen halten und den anderen zeigen. Nur schade, dass sie das Gemälde morgen wieder abwischen müssen, schließlich müssen sie dann Anderes auf die Tafel schreiben oder malen. Für Grete ist das Foto von ihrem Schulanfang jedenfalls ganz wichtig. Das Foto könnte nie mehr gemacht werden. Die Zeit kommt nie mehr wieder! Wie schade, dass Agnes kein Erinnerungsfoto haben wird.

Sauerkraut wird eingemacht

Im Herbst muss viel für den Winter vorgesorgt werden. Schließlich gibt es jetzt vieles im Garten und auf dem Feld zu ernten. Im Winter wächst dann ja nichts mehr und was noch steht, friert kaputt. Karotten und Rotkraut haben Oma und Tante Annels schon im Keller in Erde eingeschlagen. Kohlrüben für Kohlrübensuppe haben sie auch bereits im Keller gelagert. Aber die Weißkrautköpfe hat Tante Annels erst einmal in die Waschküche gelegt. Schließlich soll dort das Kraut gehobelt und in das Sauerkrautfass gefüllt werden. Und das tun sie heute.

Über eine große Wanne hat Tante Annels den Krauthobel gelegt. Tante Schneider schneidet die Strunken aus den Krautköpfen und Tante Annels legt einen Kopf Weißkraut nach dem anderen auf den Hobel und schiebt diese immer über die Messer von dem Hobel. Unten drunter fällt dann das klein gehobelte Kraut in die Wanne. Schnell häuft sich da ein kleiner Berg an.

Grete soll sich bücken und soll nun Hand für Handvoll das gehobelte Kraut in eine Schüssel füllen – dann braucht sich Oma nicht zu bücken. In der Schüssel vermengt es Oma mit Salz und füllt das Kraut in das Holzfass. Dabei stampft sie mit dem Kartoffelstampfer das gehobelte Kraut in dem Fass ganz fest. „Das muss so festgestampft werden, bis sich oben Brühe absetzt", sagt Oma und legt Schicht für Schicht wieder Kraut obenauf und stampft es wieder fest. „In ein paar Wochen wird aus dem Kraut Sauerkraut", sagt Oma und wischt sich mit dem Unterarm Schweißperlen von der Stirn, so strengt sie das Stampfen an.

Gut, dass Oma Tante Annels hilft. Das haben sie schon immer zusammen gemacht. Oma bekommt ja auch von dem Sauerkraut – das wird auch so geschrieben sein. Immer wenn Tante Annels aus dem Holzfass Sauerkraut entnimmt, macht sie gleich auch etwas für Oma heraus. Dann kocht Oma eben auch Sauerkraut. So hat es Oma jedenfalls Grete erzählt. Und die Schneiders wollen ja schließlich auch im Winter etwas zu essen haben. Schön, dass sie so viel Kraut geerntet haben!

Morgen wird das Erntedankfest gefeiert

Hans ist Konfirmand. Und da muss er mit den anderen Konfirmandinnen und Konfirmanden zusammen zum Erntedankfest die Kirche schmücken. Im Sommer hat er dafür schon Ähren aufgehoben, von jeder Sorte welche. Und im Feld hat er auch eine ganz dicke Rübe geholt, die dickste, die er gefunden hat. Und Oma hat ihm eine ganz dicke Karotte und Tante Annels einen großen Kopf Weißkraut gegeben. Das alles will er mit in die Kirche nehmen und um den Altar legen.

Da möchte Grete mitgehen. Sie will sehen, wie die Mädchen und Jungen die Kirche schmücken. Und sie möchte auch etwas mitnehmen. Die dickste Kartoffel, die sie beim Kartoffelausmachen gefunden hat, will sie um den Altar legen. Eigentlich wollte sie diese Kartoffel lange aufheben, zu Hause auf den Schrank legen und immer mal bewundern. Denn diese ist nicht nur riesengroß, sondern sieht auch noch wie ein großes Herz aus. Und so hat sie diese nicht einfach in den Korb für dicke Kartoffeln geworfen, sondern für sich mitgenommen. Aber jetzt denkt sie, dass diese Kartoffel schon etwas Besonderes ist und dass diese mal alle Leute in der Kirche bewundern sollten. Vielleicht denken sie dann, was doch alles Schönes wächst und danken dafür.

Die Mädchen bringen Blumen mit, große Sonnenblumen und andere, die Grete nicht kennt. In Vasen stellen sie diese auf und um den Altar. Und die Jungen haben Körbe mitgebracht. In die legen sie alle Früchte, die sie geerntet haben. Jeder hat etwas beigesteuert. Ein Mädchen stellt eine große Schale mit Weintrauben, Zwetschen, Äpfeln und Birnen auf den Altar. Die sehen so verlockend aus, dass sich Grete am liebsten etwas davon nehmen würde. Sogar Weintrauben gedeihen in Schwalmdorf.

Jetzt kommen auch noch Frauen aus dem Dorf und bringen eine große Erntekrone. Mit vielerlei Ähren haben sie die Krone gewickelt – einen Bogen mit Gerste, einen mit Roggen, einen mit Weizen und einen mit Haferähren. Diese wunderschöne Erntekrone stellen sie mitten vor den Altar.

Als die Jungen und Mädchen die Kirche schön geschmückt haben, machen sie noch eine Generalprobe für den morgigen Gottesdienst. Jeder von ihnen soll dann nämlich einen Spruch aufsagen. Hans tritt als Erster vor den Altar und sagt laut und deutlich: „An Gottes Segen ist alles gelegen!" Dann kommt ein Mädchen und sagt: „Danke, Herr, für diese Gaben, die wir von dir empfangen haben!" Grete findet diese Sprüche so schön und gut, dass sie die anderen gar nicht mehr richtig verfolgt. Ja, Gott für alles danken, ist doch ganz wichtig und richtig. Schließlich kann keiner etwas wachsen lassen. Man kann säen und gießen, aber ob es dann wächst, dazu kann der klügste Mensch nichts tun. Man kann nur hegen und pflegen.

Grete freut sich schon auf den Gottesdienst morgen. Das wird bestimmt schön, wenn alle Leute in der Kirche sind und Gott loben und danken. Und Grete macht sich auch schon Gedanken, was aus all den Früchten wird, wenn das Erntedankfest vorbei ist. Das alles wird man doch hoffentlich nicht verkommen lassen. Aber Hans beruhigt sie: „Nach dem Erntedankfest werden all die Früchte armen Leuten im Dorf gegeben!" Wer weiß, wer dann ihre dicke Herzkartoffel bekommt! Bestimmt freut sich derjenige. Ja, vielleicht hat er noch nie so eine herzförmige dicke Kartoffel gesehen. Oder gar essen können. Vielleicht bekommt die der Mann mit dem einen Bein. Vor Monaten hatte sie doch mal einen Mann gesehen, der mit zwei Krücken nur auf einem Bein durch das Dorf humpelte – das andere Hosenbein hatte er hochgesteckt. Damals sagte Oma, dass dem Mann im Krieg ein Bein kaputt geschossen worden sei. Und so kann er doch jetzt nicht mehr arbeiten, sich etwas Geld verdienen. Er kann doch nur noch mit großer Mühe sich überhaupt ein bisschen fortbewegen. Oder vielleicht bekommt der Mann mit dem einen Arm die Kartoffel? Im Sommer hat sie einen Mann gesehen, der bei großer Hitze ein langärmeliges Hemd und an einer Hand einen Handschuh trug. Erst wunderte sie sich. Dann fiel ihr ein, dass das bestimmt der Mann ist, den sie im Frühling mit nur einem Arm gesehen hat – ein Jackenärmel baumelte herum. Bestimmt hat der dann eine Prothese, einen Holzarm und eine Holzhand bekom-

men. Und damit keiner sieht, dass seine Hand aus Holz ist, zog er auch im Sommer einen Handschuh an und verdeckte seinen „Arm" aus Holz mit einem Hemd. Aber eigentlich bräuchte er sich doch dafür nicht zu schämen. Den Arm hat er doch im Krieg beim Kämpfen verloren – vielleicht wollte er gar nicht kämpfen. Und nun kann er bestimmt nicht mehr gut zufassen. Und nicht mehr viel arbeiten…

Die Rüben müssen ausgemacht werden

Heute ist wieder einmal für alle Feldarbeit angesagt – Rüben sollen ausgemacht werden. Gestern haben sie das auch schon getan und werden es noch einige Tage tun müssen. Schließlich ist das schon ein großes Stück Land, auf dem Tante Annels Rüben angebaut hat. Braucht sie doch im Winter viel Futter für die Tiere – der Winter ist lang. Da muss man gut vorsorgen, auch für die Tiere.

Auf dem Feld angekommen, nehmen sich Oma, Tante Annels und Tante Schneider jeweils zwei Reihen vor, rupfen in diesen die Rüben aus und legen sie dicht bei dicht nebeneinander auf den Boden. Opa Schneider sticht dann mit einem Stoßeisen von den auf der Erde liegenden Rüben die Blätter ab. Das hat er gestern bei den anderen ausgerupften Rüben auch schon getan.

Hans und Franciszek laden die Rüben auf den Wagen. Und dabei muss Hans immer wieder mit Fanny und Benno den Wagen ein Stückchen weiterfahren. Das könnte doch eigentlich sie machen, denkt Grete und fragt, ob sie die Leitseile in die Hand nehmen darf. Ja, sie darf. Aber wenn sie „Jüh!" sagt, zögern Fanny und Benno beim ersten Mal ein bisschen, so als ob sie sich nicht sicher sind, ob sie weitergehen sollen. Hans bekräftigt so nochmals das „Jüh!" und schon ziehen sie an. Da will Grete nun ein bisschen energischer „Brrh!" kommandieren und zieht dabei an den Leitseilen. Das hat gewirkt. Sie bleiben stehen. Grete ist sichtbar stolz. Beim zweiten Weiterfahren sagt sie auch ein bisschen energischer „Jüh!" und schlägt dabei etwas mit den Leitseilen auf den Rücken der Pferde. So wie das Hans immer getan hat. Ja, jetzt kann sie das Weiterfahren. Hoffentlich hat Oma mal gesehen, wie gut sie das schon macht. Nur: sie hat alle Mühe, die Pferde von den Rübenblättern fernzuhalten. Immer wieder nehmen die sich ein Maul voll Blätter von der Erde. Aber Hans schimpft nicht. Das dürfen sie wohl. Und so lässt das Grete auch zu.

Gestern Abend haben sie schon einen ganzen Wagen voller Rübenblätter mit nach Hause genommen. Die Blätter fressen die Kühe, Rinder und Bullen recht gern. Darüber haben sich bestimmt auch Max und Moritz gefreut. Grete erinnert sich noch genau, wie das war, als die beiden Zwillingskälber geboren wurden. Jetzt sind sie schon recht groß.

Heute Abend wollen sie den ganzen Wagen voller Rüben mit nach Hause nehmen. Die kommen dann in den Keller, damit sie nicht erfrieren. Jetzt wird es nachts doch schon recht kalt. Oma meinte, dass man sogar schon mit etwas Nachtfrost rechnen müsse. Die Rüben, die nicht alle in den Keller passen, wollen sie deswegen auf einen Haufen, in die Miete, schütten und werden diese dick mit Erde zudecken. Dann frieren die Rüben auch im Winter bei Eis und Schnee nicht kaputt. So hat es jedenfalls Oma gesagt. Ja, die Bauern wissen sich doch zu helfen.

Ein Schreck auf dem Plumpsklo

„Oma! Heute habe ich was erlebt!", sprudelt Grete heraus, als sie von der Schule nach Hause kommt. Etwas abgeschlagen lässt sie sich auf die Bank fallen. „Was ist denn passiert?", fragt Oma besorgt. „Ich war auf dem Klo…", und nachdem sie tief durchgeatmet hat, stammelt Grete weiter: „Und da hat ein Junge durch das Fenster geguckt!" „Ach, das ist doch nicht schlimm! Deswegen brauchst du dich doch nicht aufzuregen!", beruhigt sie Oma. „Ja! Aber ich habe mich so erschrocken. Plötzlich starrten mich Augen an!" erzählt Grete noch etwas erregt weiter. „Und ich hatte doch die Hose runter." „Aber der hat doch gar nichts gesehen! Du saßest doch mit dem Popo auf dem Klo", gibt Oma zu bedenken. Und nachdem sie ein bisschen aufgelacht hat, sagt Oma noch: „Ja, den Spaß haben die Jungen auch schon gerne mal zu meiner Zeit gemacht. Das offene kleine Herzloch in der Tür vom Kabuff verleitet doch dazu." „Aber Lehrer Stöcklein hat das doch verboten!", hält Grete dagegen. „Aber wenn der zum Frühstücken geht, dann machen die Jungen, was sie wollen und ärgern die Mädchen."

Lehrer Stöcklein wohnt doch auch im Schulhaus, und da geht er in der Pause einfach mal zu seiner Frau zum Kaffeetrinken. In Kassel hat Fräulein Schön jedenfalls auch in der Pause Aufsicht gemacht, und da haben sich die Jungen solche Streiche nicht erlaubt.

In Kassel hätten die Jungen auch gar nicht ins Klo gucken können, da war doch alles anders. Das war eine große Schule, in der es viele Klassenräume für mehrere Klassen gab – die Lehrer wohnten dort nicht in der Schule. Und das Klo hatte kleine Fenster mit Fensterscheiben im Flur, so dass man in die Kabuffs nicht hineingucken konnte. Aber es war auch noch ein Plumpsklo, aber noch ein bisschen anders als in Schwalmdorf. Da war nur ein kleines Loch, durch das das Häufchen nach unten rutschte. Und das war schon eine richtige Kloschüssel aus Ton. So ähnlich wie sie eine im Haus in Kassel hatten. Hier war die Toilette auf halber Höhe der Treppe im Hausflur und wurde von vier Familien benutzt. Und das war auch schon eine Wassertoilette, bei der man das Häufchen mit Wasser wegspülen konnte.

In der Schwalmdorfer Schule muss man sich aber auf ein Brettergestell setzen und den Popo über ein großes Loch halten. Dann fällt das Häufchen nach unten in einen dunklen See mit Kacke und manchmal spritzt die Brühe zurück bis an den Popo. Ja, das findet Grete schon ekelig. Aber Oma hat auch so ein Klo, und das ist außen am Stall über der Jauchegrube – das wird von allen auf dem Hof benutzt. Und dort ist auch ein offenes Herz in der Tür – das haben hier wohl alle Leute in der Klotür. Dann weiß eben gleich jeder, wo das Klo ist. Und durch das offene Herzfenster zieht auch der üble Geruch etwas ab.

„Weißt du, was wir früher gemacht haben, damit die Jungen nicht ins Klo gucken konnten?", sagt Oma, als sie das Essen auftischt. „Wir haben uns zu dritt vor die Tür gestellt und bei uns Mädchen gegenseitig Wache gehalten. Und dann haben sich die Jungen nicht herangetraut." „Ja, das könnten wir doch eigentlich auch machen", denkt Grete laut und atmet auf. „Und wenn dann doch mal einer kommt und gucken will, dann könnten wir ihn verprügeln – zu dritt wären wir doch stärker."

Die Äpfel werden abgemacht

Im August hatten sie schon erste reife Äpfel in ihrem Garten. Wie hatte sich Grete über diese Frühäpfel gefreut! Als Grete im Frühjahr zur Oma kam, hatte Oma extra noch drei Äpfel vom vorigen Herbst aufgehoben. Die waren schon ganz schrumpelig, haben aber doch noch geschmeckt. Frische Äpfel vom Baum sind jedoch noch saftiger, schmecken viel besser.

Und jetzt sind wieder Äpfel reif, andere Sorten. Einige Äpfel hat Grete nun schon wieder gegessen – die waren vom Baum gefallen. Und die hatten einen Wurm innen drin. Aber das meiste von diesen Äpfeln konnte Grete trotzdem essen.

Heute hat Grete aber die Auswahl, heute kann sie sich den allerschönsten Apfel heraussuchen. Hans pflückt nämlich von einem Baum ganz rote Äpfel ab, Franciszek von einem anderen gelbe, von denen einige nur ein bisschen rot sind, nur rote Backen haben. Welche werden wohl am besten schmecken? Die roten Äpfel lachen sie so verlockend an und da beißt Grete zuerst in einen von diesen. Aber der ist noch ganz hart und sauer. An Gretes Gesicht merkt auch Oma, dass die erste Wahl verkehrt war. Das hätte Oma ihr auch gleich sagen können, dass dieser Apfel erst noch liegen und reifen muss. „Der schmeckt erst im Winter!", sagt Oma leider erst jetzt. „Wirf den angebissenen in den Korb, in dem die etwas angefaulten Äpfel sind – die bekommen die Schweine." Gut, dass Grete diesen Apfel nicht aufessen muss. Normalerweise darf sie nichts vom Essen wegwerfen. Und das will sie auch nicht. Höchstens gibt sie Reste mal den Katzen oder Oma schüttet das Übriggebliebene in den Eimer für die Schweine. Katzen fressen schließlich kein Gemüse. Und Bohnen mag Grete eben nicht, die isst sie jedenfalls nur ungern. Und da lässt sie schon mal etwas auf dem Teller.

Hans und Franciszek haben einige Körbe voll Äpfel abgepflückt. Und die dabei runterfallen, liest Oma und Grete in extra Körbe. „Die Falläpfel halten nicht lange", erklärt Oma. „Die müssen bald gegessen oder auf den Kuchen getan werden!" Apfelkuchen könnte Grete eigentlich jeden Tag essen. Aber Oma backt den nur samstags oder tut Äpfel auf den Brotkuchen, wenn sie Brot backen. Aber eigentlich hat sie dann die Äpfel unter den Brotteig gelegt und erst nach dem Backen umgestülpt – so hat es Grete jedenfalls gesehen. Apfelkuchen, egal wie ihn Oma backt, mag Grete sehr gern. Gut, dass sie soviel Äpfel ernten.

„Wir bekommen von den gelb-roten Äpfeln und auch von den harten roten Winteräpfeln", sagt Oma. „Aber von jeder Sorte nur einen Korb voll, so steht es jedenfalls geschrieben!" Ja, Grete weiß doch, Oma bekommt von Tante Annels nur das, was geschrieben steht.

Einen Keller hat Oma im Ellerhaus nicht. So darf sie eine Kellerecke im großen Bauernhaus benutzen. Dort lagert sie ihre Kartoffeln und das Gemüse für den Winter – und auch die Äpfel. Aber nur die gelb-roten, die sie bald essen wollen. Die roten harten Winteräpfel will Oma auf dem Hausboden in den Korn einbuddeln. Grete hat doch beim Dreschen gesehen, dass Tante Annels auf dem Boden einige Haufen von Getreide lagert. Der Franciszek und der Franzose hatten die Körner in Säcken von der Dreschmaschine über den Hof und dann im Haus die Treppen hoch getragen und oben auf dem Boden ausgeschüttet.

Dass Oma jetzt Äpfel in die Körner legen will, das ist schon seltsam. Komisch. Aber Oma meint, dass das alle Leute so machen. „Wenn man die Äpfel im Korn einbuddelt, dann bleiben sie schön frisch", erklärt Oma. „Und sie erfrieren bei Kälte nicht." Was Oma alles für Kniffe und Tricks kennt! Und was die Leute schon alles herausgefunden haben! Vielleicht hat einer mal im Korn einen Apfel versteckt und dann hat er gemerkt, wie frisch er geblieben ist. Dann hat er es vielleicht nochmals ausprobiert und dann schließlich anderen Leuten erzählt. Oder wer weiß, wie die Leute auf so etwas gekommen sind! Oma weiß es auch nicht. Sie weiß nur, dass das eben so ist. Und dass man das deswegen so machen sollte. Und so machen das Oma und Grete auch.

Das Obst wird gedörrt

Beim Verlosen der Backtermine hat Tante Annels dieses Mal die letzte Reihe gezogen. Da hat sie Glück gehabt, das wollte sie gerne so. Denn heute will sie nach dem Brotbacken noch Obst dörren. Und so haben sie Äpfel in Schnitze geschnitten und auf ein Backblech gelegt. Und ein Blech haben sie voll mit Zwetschen und noch eins mit den kleinen Hutzelbirnen belegt. Hans und Franciszek hatten extra das Obst dafür in den letzten Tagen abgemacht.

Und nun fährt Opa Schneider mit dem Handwagen das Obst auf den Blechen zum Backhaus. Das Brot haben sie schon länger aus dem Backofen geholt. Zum Dörren des Obstes darf der Ofen nämlich nur noch ein bisschen warm sein, sonst verbrennt, verschmort das Obst. Wenn der Backofen die richtige Wärme hat, dann werden die Obstbleche in den Ofen gelegt und über Nacht zum Trocknen im Ofen gelassen. In einer Nacht trocknet das Obst aber nicht genug und so müssen die Bleche am nächsten Tag frühmorgens nach Hause geholt und abends, wenn die anderen Frauen fertig gebacken haben, wieder in den Ofen getan werden. Diese Aufgabe hat Opa Schneider übernommen.

Hoffentlich machen Tante Annels und Oma viel Dörrobst. Oma bekommt bestimmt auch etwas davon ab – das wird auch so geschrieben sein. Dörrobst isst Grete schließlich sehr gern. Sie erinnert sich noch, wie sie in den letzten Weihnachtsferien abends vor dem Schlafengehen noch eine gedörrte Zwetsche und einen Apfelschnitzen essen durfte. Und an Sonntagen hat Oma auch schon mal Nachtisch aus Dörrobst gemacht und die Zwetschen, Apfelschnitzen und Hutzelbirnen in Zuckerwasser aufgekocht – das hat Grete immer besonders gut geschmeckt. Oder wenn sie Grießbrei dazu machte. Oder im Sommer hatte Oma bei großer Hitze auch schon mal eine Dörrobstsuppe mit Brotbrocken zum Mittagessen gekocht, und die haben sie dann kalt gegessen.

Jetzt hat Grete aber kein großes Verlangen nach dem Dörrobst. Schließlich gibt es jetzt viel frisches Obst, und das schmeckt noch leckerer. Aber der nächste Winter kommt bestimmt.

Mus und Rübensirup werden bereitet

Zwetschen aufschneiden und den Kern herausnehmen, das kann auch schon Grete, und auch schon Agnes. Und Gudrun sitzt auch dabei, als alle – Tante Annels, Oma, Tante Schneider und sogar auch Oma Schneider – in der Waschküche im Kreis sitzen und Zwetschen entkernen. Gudrun isst aber nur ein paar Zwetschen und spuckt die Kerne zu den anderen Kernen im Eimer. Die Männer – Hans, Franciszek und Opa Schneider – hatten die Zwetschen von den Bäumen gepflückt, vier Eimer voll. Und die müssen nun alle entkernt werden und sollen dann über Nacht im großen Waschkessel ziehen. „Und morgen müssen die Zwetschen im Kessel gekocht werden", sagt Tante Annels. „Und dabei muss immer gerührt werden, damit nichts anbrennt." „Das ist eine schwere Arbeit", meint Oma. „Den ganzen Tag am heißen Kessel stehen und rühren, das ist anstrengend." Gut, dass sich Tante Annels und Oma mal abwechseln können, und Tante Schneider kann ja auch mal rühren. „Wenn das Mus gut verkocht ist und richtig zähflüssig geworden ist, dann mischen wir zum Süßen noch etwas Rübensirup drunter und füllen es in Tontöpfe", sagt Tante Annels.

Oma hat ihre Mustöpfe auch schon alle gestern gut heiß ausgewaschen und bereitgestellt. Fünf Tontöpfe hat Oma und wer weiß, wie viele Tante Annels noch hat. Aber die werden bestimmt alle voll. Dann können sie lange Mus aufs Brot schmieren. Grete läuft schon das Wasser im Mund zusammen, wenn sie an das leckere Musbrot denkt.

Im Frühjahr, als Grete zur Oma kam, hatte Oma extra noch einen Topf voll Mus aufgehoben. Seither hat Grete kein Mus mehr zu essen bekommen. Den ganzen Sommer über gab es nur Rübensirup aufs Brot, morgens und nachmittags. Den Rübensirup mag Grete zwar nicht so gern, aber es ist etwas Süßes aufs Brot, besser als nichts aufs Butterbrot.

„Rübensirup kochen wir auch noch, wenn die Rüben, auch die Zuckerrüben, geerntet sind", sagt Tante Annels beiläufig. „Und wird der Sirup auch im großen Kessel gekocht? Und muss man den auch einen ganzen Tag lang rühren?", will Grete wissen. „Rühren muss man den nicht, aber es ist trotzdem genug Arbeit", sagt Tante Annels. „Wenn die Zuckerrüben gründlich gewaschen sind, schneiden wir sie in Stücke und kochen sie im Kessel weich. Dann pressen wir sie auf der Kelter aus und dann muss der Saft nochmals gekocht werden." „Und dann wird der Sirup auch in Tontöpfe gefüllt", ergänzt Oma noch. Oh, da muss man aber viele Tontöpfe haben, denkt Grete. Als ob Oma ihre Gedanken erraten hat, sagt sie: „Bei meiner Hochzeit hatte ich über zwanzig Tontöpfe in der Aussteuer, und die meisten davon hatte schon meine Mutter bekommen." Und nach einer Weile ergänzt Oma noch: „Und die meisten habe ich dann meinem Sohn, dem Onkel Hannjerr, und Tante Annels im großen Haus gelassen. Nur zehn Tontöpfe habe ich mit ins Ellerhaus genommen." Da denkt sich Grete, dass Oma wohl fünf Töpfe voll Mus und fünf Töpfe voll Sirup bekommt. Das muss dann für das ganze Jahr reichen, auch für Grete mit.

Aber Grete hat beim Entkernen der Zwetschen mitgeholfen. Dann hat sie sich doch eigentlich ein bisschen von dem guten Zwetschenmus verdient. Hoffentlich denkt das auch Tante Annels so. Vielleicht gibt sie Oma ja auch mal ein bisschen mehr als geschrieben steht. Grete fände das jedenfalls nicht schön, wenn Oma für Grete nichts extra bekäme. Schließlich hat Grete schon bei vielen Arbeiten geholfen. Ach, wenn es doch nicht bei allem danach ginge, was geschrieben steht!

...was geschrieben steht

Wie da etwas geschrieben steht, das lässt Grete keine Ruhe. Noch als sie im Bett liegt, gehen ihr darüber die Gedanken durch den Kopf. Und so kann sie nicht einschlafen. Jedenfalls findet sie es nicht richtig und gerecht, wenn Tante Annels Oma nicht etwas mehr Mus und Sirup gibt, als geschrieben steht. Schließlich haben sie beim Entkernen der Zwetschen geholfen. Und auch schon bei vielen anderen Arbeiten. Ja, Grete hatte Oma auch noch gar nicht gefragt, ob sie für die Hilfe beim Kartoffelauflesen ein paar Kartoffeln extra bekommen haben. Die arme Frau aus dem Dorf, die drei Tage beim Kartoffelauflesen geholfen hatte, hat dafür doch einen Sack voll Kartoffeln bekommen. Und Oma und Grete haben schließlich eine ganze Woche jeden Tag geholfen. Und wie hatte sich Grete angestrengt! Da müsste sie jedenfalls auch Kartoffeln für ihre Arbeit bekommen. Aber wer weiß!

Im Frühjahr hatte Grete schon mal einen ganzen Nachmittag beim Steinelesen geholfen, und da hatte ihr Tante Annels noch nicht einmal ein klein bisschen Kuhmilch dafür gegeben. Und nur den halben Liter, der Oma für jeden Tag geschrieben steht, hat sie ihr abends beim Milchholen in den Krug eingeschenkt. Und Oma hatte sich darüber sehr aufgeregt, das weiß Grete noch. Und Oma hatte ihr dann alles mal erzählt. Alles, was sie sonst noch nie über Tante Annels gesagt hatte.

Ja, mit dem Auszug ist das so eine Sache. Als Onkel Hannjerr die Tante Annels geheiratet hatte, haben ihm Oma und Opa den Hof übergeben, geschenkt. Onkel Hannjerr wurde damals Bauer, Chef vom Hof, und Opa und Oma sind ins Ellerhaus, ins Großmutterhäuschen, gezogen. Aber sie brauchten ja auch noch etwas zum Leben, etwas zum Essen und Holz zum Heizen und so weiter und so fort. Da haben sie bei einem Notar alles aufschreiben lassen, was ihnen Onkel Hannjerr und Tante Annels geben müssen – alle vier Wochen acht Laib Brot, jede Woche ein Pfund Butter und 10 Eier und vieles andere, auch Mus und Sirup. Als Opa gestorben war, bekam Oma allein aber nur noch die Hälfte von allem. Das war auch so geschrieben, vereinbart.

Aber für Grete bekommt Oma nichts, darüber steht nämlich nichts geschrieben. Und so müssen Oma und Grete mit dem auskommen, was für Oma geschrieben wurde.

Aber Oma hilft immer noch bei vielen Arbeiten mit – das bräuchte sie eigentlich nicht, das steht nicht geschrieben. Tante Annels gibt ihr dafür jedoch nichts extra. Aber Oma hilft trotzdem noch mit. Sie will keinen Streit und gibt immer klein bei. Wenn man einfach alles hinnimmt, das findet Grete aber auch nicht gut. Man muss sich doch für seine Interessen, für sich selbst einsetzten. Ja! Das müsste auch Grete tun.

Eigentlich könnte sie einfach mal Tante Annels fragen, ob sie etwas für ihre Hilfe bekommt? Schließlich treibt sie jeden Tag die Gänse an die Schwalm und hilft auch anderweitig. Einfach fragen, das wäre doch eine Möglichkeit… Mal sehen, was dann Tante Annels sagt.

Aber erst einmal will Grete mit Oma darüber sprechen. Damals, als sich Oma wegen der Milch so aufgeregt hatte, hatte sie nur traurig gesagt: „So ist der Mensch! Neid und Streit sogar in der Familie!" Das hat Grete noch im Ohr. Aber das mit Tante Annels ist doch vor allem Missgunst und Knauserigkeit. Neidisch war Tante Annels doch nur auf Gretes Mutter, weil die in der Stadt wohnte, einen Lehrer geheiratet hatte und ein schöneres Leben hatte. Aber jetzt im Krieg ist das doch nicht mehr so, ja nun ist das gerade anders herum. Jetzt geht es ihrer Mutter schlechter. Und außerdem kann Grete doch nichts dazu, wie es ihrer Mutter ging und geht. Und sie kann ja auch nichts dazu, dass sie jetzt bei Oma sein muss. Wenn Grete nur wüsste, wie sie mit Tante Annels besser zusammenleben könnten!

Schade, dass Oma schon lange fest schläft, sie atmet jedenfalls tief durch und schnarcht ein bisschen dabei. Aber morgen oder demnächst will Grete mal mit ihr darüber sprechen. Das hat sie sich fest vorgenommen. Vielleicht lässt sich doch etwas ändern.

Hans war wieder beim Jungvolk

„Wie siehst du denn aus?!", schimpft Tante Annels los, als sie Hans auf den Hof kommen sieht. Das Hemd aus der Hose, ein Loch im Ärmel und eine Beule am Kopf! Aber die Beule interessiert Tante Annels weniger als das Hemd. „Jetzt hast du das Hemd zerrissen, und ich muss es wieder flicken!", sagt sie entrüstet. „Heute war es ein harter Zweikampf. Aber ich habe gewonnen!", brüstet sich Hans, ohne auf das Loch im Ärmel einzugehen. „Drei Runden, erst dann lag der Bast auf dem Boden." Mit seinem noch immer hochroten Kopf steht Hans vor Grete wie ein siegreicher Hahn nach dem Kampf mit einem anderen Gickel, wenn er auch einige Federn verloren hat. Die Haare stehen Hans noch immer zu Berge. „Beinahe hätte ich verloren, aber dann habe ich den Bast noch mit einem Beinhaken zu Fall gebracht!", brüstet sich Hans weiter. „Erst als der Bast am Kopf geblutet hat, hat er endlich aufgegeben."

Noch ist Hans etwas außer sich. Der Sieg muss für ihn sehr wichtig sein. Nun kann er sich rühmen, dass er stärker als der Sebastian ist… Aber was hat er nun auch davon – eine Beule am Kopf und ein kaputtes Hemd! Grete macht sich ihre eigenen Gedanken darüber. Wenn Hans vorher aufgegeben hätte, dann hätten sie sich beide nicht so weh getan. Und dann hätte Tante Annels keine Arbeit mit dem Hemd.

Grete kann nicht nachvollziehen, was in den Jungenköpfen vorgeht. Sie muss nicht immer Siegerin sein. Sie hat jedenfalls noch nie mit einem anderen Mädchen gekämpft oder sich so gestritten, gezankt, dass sie sich geschlagen haben. Mama sagte zwar schon mal: „Du musst immer das letzte Wort haben!" Wenn Grete etwas wichtig ist, dann verteidigt sie das hartnäckig – manchmal sehr beharrlich, vielleicht ein bisschen starrköpfig. Oma hat das aber noch nicht bemängelt. Bei Oma hält sich Grete allerdings auch ein bisschen zurück. Da muss sie oft zu- und abgeben, schließlich muss sie doch froh sein, dass sie überhaupt bei Oma sein kann. Ja, sie will Oma nicht unnötig Kummer machen.

Jetzt kommt Grete der Gedanke, ob sie am Ende bei den Jungmädels auch solche Kämpfe machen?! Wenn sie zehn Jahre alt geworden ist, dann kann sie doch zu den Jungmädels gehen. In der Gruppenstunde machen sie schließlich auch Sport, Spiele und Wettkämpfe. Aber wohl keine Ringkämpfe. Davon hat sie jedenfalls noch nichts gehört. Nur die Jungen sollen doch „flink wie Windhunde, zäh wie Leder und hart wie Kruppstahl" werden. Das will der Führer, so soll er gesagt haben. Das hat Grete jedenfalls gehört. Und daran muss sie gerade wieder denken.

Wohl deswegen üben die Jungen schon immer im Jungvolk: Gruppe gegen Gruppe, Junge gegen Junge – Schwarz gegen Weiß. Oma sagte dazu mal: „Bereits beim Jungvolk werden sie ‚geschliffen', scharf gemacht!" Hunde macht man scharf, damit sie zubeißen – das weiß Grete. Sicher sollen die Jungen „scharf gemacht" werden, damit sie gerne siegen, für Deutschland kämpfen wollen, auch wenn sie dabei Schrammen abbekommen.

Hans jammert jedenfalls über seine Beule nicht, ihm ist es wichtig, dass er sich mal beweisen konnte und dass er gesiegt hat. Typisch Junge! Als sich Hans mit zackigen Schritten verzieht, denkt Grete nur: Gut, dass sie kein Junge ist!

Mit der Schule werden Bucheckern gesammelt

„Bunt sind schon die Wälder, gelb die Stoppelfelder und der Herbst beginnt." Das Lied haben sie gestern in der Schule gesungen. Und heute singen sie das Lied schon wieder, ziehen dabei aber durchs Dorf. Heute wollen sie nämlich mit allen Schulkindern den ganzen Vormittag in den Wald gehen und Bucheckern sammeln. Das hat gestern jedenfalls Lehrer Stöcklein gesagt. Deswegen sollte heute jeder keine Schulsachen, aber dafür einen Korb mitbringen.

„Mal sehen, wie viele Bucheckern wir zusammen finden!", hatte gestern Lehrer Stöcklein gesagt. „Wenn wir viele verkaufen können, werden wir neue Kreide und vielleicht noch eine neue Landkarte anschaffen können." Und nachdem er tief Luft geholt und sich sichtlich gestreckt hatte, ergänzte er noch: „Eine Karte vom Großdeutschen Reich. Schließlich haben wir doch viele Gebiete dazu erobert."

Aber Grete dachte dabei, dass sie die Stecknadeln auf der Karte schon immer ein bisschen wieder zurückstecken mussten. Lehrer Stöcklein zeigt ihnen nämlich immer auf der Landkarte, wo die deutschen Soldaten gerade kämpfen. Und Hans hatte schließlich Grete gesagt, dass sie voriges Jahr schon viel weiter im Osten waren, in letzter Zeit aber zurückgeschlagen wurden. Ob ihr Vater ganz weit im Osten dabei war und wo er jetzt gerade kämpft, das weiß Grete nicht. Papa schreibt nur immer herzliche Grüße aus Russland. Und wo Mama gerade kranke Soldaten pflegt, das weiß Grete auch nicht. Die Städte auf der Karte haben ja auch so eigenartige Namen, die sich Grete nicht merken kann. Und wenn Mama den Ort schreibt, dann kann sich Grete doch nicht vorstellen, wo das ist. Sie weiß nur, dass Papa und Mama ganz, ganz weit weg sind. Und bei dem Gedanken ist Grete ganz traurig geworden.

Aber heute ist sie nicht mehr niedergeschlagen. Munter geht sie mit den anderen zusammen neben Hilde und Anneliese in den Wald. Und sie haben sich so viel dabei zu erzählen, alles Mögliche. Auch die anderen haben sich offensichtlich viel zu erzählen. Es klingt wie ein lustiges Geschnatter. Aber der Lehrer sagt nichts dagegen. Im Unterricht dürfen sie sich jedenfalls kein Wort zwischendurch erzählen. Und wenn sie sich doch mal etwas zutuscheln, dann haut gleich Lehrer Stöcklein mit dem Stock auf den Tisch. Dann ist wieder Ruhe angesagt.

Grete weiß schon, wo Bucheckern zu finden sind. Vor Tagen war sie nämlich mit Oma bereits im Wald, um Bucheckern zu sammeln. Diese will Oma in die Ölmühle bringen. Dort werden die Bucheckern ausgepresst – das Öl braucht Oma doch zum Braten und so weiter.

Als Lehrer Stöcklein den kleinen Kindern, besonders denen vom ersten Schuljahr, erklärt, wie Bucheckern aussehen und ihnen auch beschreibt, wie die Buchen aussehen, unter denen man diese findet, muss Grete gar nicht zuhören.

Schnell verteilen sich die Kinder im Wald, gehen in verschiedene Richtungen. Grete bleibt mit Hilde und Anneliese zusammen. Das haben sie auch beim Kräutersammeln so gemacht. Jetzt nehmen sie auch noch Agnes mit. Zu viert fühlen sie sich im Wald ein bisschen sicher. Aber sie sehen immer mal nach den anderen. Wenn Lehrer Stöcklein dreimal hintereinander pfeift, dann sollen sie zurückkommen. So war das abgemacht.

Irgendwie dauert es ihnen zu lange, bis sie die Pfiffe hören. Keiner von ihnen vieren hat schon drei Pfiffe gehört. Am Ende haben sie diese doch überhört. Das macht ihnen ein ungutes Gefühl, noch weiterzugehen. Endlich hören sie aber drei Pfiffe hintereinander und dann nochmals und nochmals.

Gut, dass sie Lehrer Stöcklein nicht verfehlt haben. Als sie ihn auf dem Weg entdecken, atmen sie auf. Auch die anderen Kinder sind froh, dass sie zurückgefunden haben. Und Lehrer Stöcklein ist auch sichtlich erleichtert, als alle Kinder beim Durchzählen wieder da sind. „Alle Mann an Bord! Ab marsch!", kommandiert Lehrer Stöcklein schließlich im strengen Kommandoton und holt dabei weit mit dem Arm aus. „Im Gleichschritt marsch!"

Die Jungen winkeln gleich den Arm an und legen die Fingerspitzen der rechten Hand an die Schläfe. Schon marschieren sie zackig im Gleichschritt los. Das haben sie beim Jungvolk gelernt. Aber in der Schule marschieren sie auch manchmal. Das hat Hans erzählt. „Brav, Jungs!", ruft Lehrer Stöcklein ihnen noch hinterher. „Ihr seid Deutschlands Hoffnung!"

Ja, Grete weiß: Die Jungen können später für Deutschland kämpfen. Aber die Frauen müssen sie dann versorgen, wenn sie verletzt sind. Was ihre Mutter macht, ist doch auch wichtig für das Land. Und wenn sie als Mädchen Bucheckern sammeln, dann ist das doch auch ein bisschen wichtig für Deutschland, wenigstens ein klein bisschen wichtig. Schließlich brauchen die Soldaten doch etwas zu essen, sonst haben sie keine Kraft zu kämpfen. Bestimmt kann man mit dem Öl aus den von ihr gesammelten Bucheckern ein Essen für ein paar Soldaten bereiten. Und die Arbeiter und Arbeiterinnen, die Panzer bauen müssen, brauchen doch auch etwas zu essen – so wie auch die Mutter von Ingrid. Und es ist doch auch wichtig, dass alte Menschen und Kinder etwas zu essen haben. Das denkt jedenfalls Grete und blickt mit Genugtuung auf die Bucheckern in ihrem Körbchen.

Der Garten muss gegraben werden

„Es wird Zeit, dass wir mit dem Garten fertig werden!", meint Oma, streckt sich und schaut gen Himmel. „Wenn die Wildgänse von Norden kommen, dann wird es kalt!" Ja, jetzt sieht Grete auch die Vögel am Himmel. Und hört sie schreien. Was die sich wohl beim Fliegen erzählen? Und wie sie hintereinander so schön auf einer Linie fliegen, so in Hakenform. „An der Spitze wechseln die sich immer mal ab", meint Oma. „Vorne ist nämlich das Fliegen am anstrengensten. Die hinteren fliegen im Windschatten von den anderen." „Oh, deswegen fliegen die so!", sagt Grete staunend. Und dabei schaut sie mit offenem Mund weiter gen Himmel. Was die Tiere doch so klug sind! Und sie halten zusammen, helfen sich gegenseitig! Grete beobachtet weiter gebannt den Flug. „So etwas Schönes! Da werden auch die schwächeren mitfliegen können!", sagt sie schließlich ganz bewegt. „Ja, von den Tieren können wir viel lernen", gibt Oma zu bedenken, sieht nochmals flüchtig zum Himmel und gräbt weiter.

Grete schaut aber noch lange den Wildgänsen hinterher. Allmählich verschwinden sie in der Ferne und die Rufe werden immer leiser. Wer weiß, wie weit sie noch fliegen müssen. Bestimmt werden sie aber auch mal eine Rast machen. Ob sie den gleichen Weg wie die Schwalben fliegen? Und ob die Wildgänse wie die Schwalben im Frühjahr wieder zurückfinden? Ja, wie können sie überhaupt den Weg finden? So etwas Wundersames! Das hat Grete vor Wochen bei den Schwalben auch schon gedacht. Ja, was Tiere alles können!

Oma hat unterdessen schon wieder ein ganzes Stück Land umgegraben. Da es jetzt kalt werden soll, will sich Grete auch ranhalten und ihr Beet fertig umgraben – Oma hatte ihr doch extra ein Stückchen von ihrem Gartenland abgegeben. Geerntet hat Grete davon nach und nach schon immer mal – Salat, Radieschen und alles andere, was sie gesät hatte. Nun muss die Erde umgegraben werden, damit sie nächstes Jahr wieder etwas darauf säen und ernten kann.

So sagte jedenfalls Oma. Und wieder etwas säen, das möchte Grete natürlich. Schließlich war sie immer mächtig stolz, wenn sie etwas von ihrem Beet ernten konnte. Vorige Woche hat sie noch die letzten Karotten von ihrem Stückchen Land ausgerupft und dann im Keller von Tante Annels in Erde eingebuddelt – dann wird sie sogar auch im Winter noch davon essen können. Wie schön!

Kaum hat Grete ein paar Spatenstiche gemacht, da stockt sie wieder. Oh, Schreck! Jetzt hat sie einen Regenwurm totgemacht. „Oma!", platzt sie nur heraus. Und Oma hat das Problem schon gesehen. Zwei Regenwurmteile kringeln sich auf der Erde. „Dass man einen Regenwurm zerteilt, das passiert beim Graben!", sagt Oma, ohne mit dem Graben innezuhalten. „Vielleicht können aber beide Teile weiterleben. Vielleicht. Aber ich weiß es nicht sicher, das habe ich nur mal so gehört." „Hoffentlich!" sagt Grete darauf nur etwas flehend. Schließlich wollte sie keinen Regenwurm töten. „Regenwürmer sind nützliche Tiere. Die lockern die Erde auf", fügt Oma beim Graben noch etwas außer Atem hinzu.

Jetzt gräbt Grete ganz vorsichtig weiter. Nicht noch einen Wurm will sie durchtrennen. Aber in die Erde kann sie schließlich nicht hineinsehen. Und sie denkt wieder einmal: Was sind auch das für wundersame Tiere! Ja! Alle Tiere sind für etwas gut, haben einen Sinn. Auch die kleinen Regenwürmer.

Kassel wird bombardiert

Grete lag schon im Bett, war aber noch nicht eingeschlafen. Da hörte sie ein Dröhnen, und es wurde immer lauter. So ein Dröhnen kannte sie von Kassel, so hörte es sich an, wenn die Bombenflieger kamen. „Oma!", sagt sie zuerst leise, dann lauter und rüttelt Oma am Arm. Oma war schon eingeschlafen und dreht sich um. „Was ist denn?", fragt Oma noch schlaftrunken. Aber dann hört sie auch schon das Dröhnen und Brummen und platzt heraus: „Du lieber Himmel!" Und nachdem Oma tief Luft geholt und sich im Bett aufgesetzt hat, fleht sie: „Herr erbarme!" und stößt dabei die Luft hörbar aus. Im weinerlichen Ton quetscht Grete heraus: „Fliegen die nach Kassel?" Grete drückt sich die Bettdecke ins Gesicht und schluchzt auf. Oma fasst Grete an der Schulter und meint nur kurz betroffen: „Vielleicht!" Grete weint laut heraus. „Aber ich weiß nicht genau", sagt Oma schnell noch hinterher. „Die fliegen jedenfalls über uns weg!", betont Oma schließlich, aber Grete lässt sich nicht beruhigen. Oma stöhnt laut auf.

Nun wird es draußen unruhig. Grete hört Leute reden. „Komm, wir stehen auch auf!", rät Oma und schlägt die Bettdecke zurück. Licht will Oma nicht machen, das Schlafzimmerfenster haben sie nicht verdunkelt. So zieht Grete etwas im Dunkeln über ihr Nachthemd und auch Oma greift im Dunkeln nach ihren Anziehsachen.

Als sie vor das Haus treten, stehen auch Tante Annels, Hans und die Schneiders vor dem Haus. Grete erkennt sie an der Stimme. Agnes und Gudrun weinen laut und Tante Schneider versucht sie zu trösten, weint aber auch. Ja, die wissen, wie schlimm das mit den Bomben ist. Sie haben das doch schon erlebt. Und Grete doch auch schon. Oma nimmt Grete in den Arm. Aber Grete lässt sich nicht beruhigen. „Heute ist Kassel dran!", platzt Tante Annels heraus. „Da guckt!" Über der Scheune sieht man schon einen etwas hellen Schein. „Ich gehe auf den Hausboden, aus dem Bodenfenster sieht man mehr!", meint Tante Annels schließlich und begibt sich zurück ins Haus. Hans geht auch mit.

Oma will sich auch sicher sein, ob heute Kassel bombardiert wird. Deswegen schlägt sie vor: „Kommt, wir gehen hinter die Häuser, von dem kleinen Hügel können wir weit sehen!" Schneiders gehen auch mit. Und auf dem Hügel treffen sie auch schon andere Leute aus dem Dorf. Alle sehen gebannt nach Norden. Ja, da liegt Kassel. Von dieser Stelle hat Grete schon öfter in Richtung Kassel geschaut – immer wenn sie mal ein bisschen Heimweh nach Kassel hatte. Dann dachte sie: Wenn sie Kassel auch nicht direkt sehen kann, so weiß sie doch, dass Kassel gar nicht so weit weg ist, nicht weit hinter den Hügeln liegt. Aber jetzt hält sich Grete die Augen zu. Jetzt will sie nicht hinsehen. Jetzt kann sie nicht…

Opa Schneider sagt mit belegter Stimme: „Guckt! Die Christbäume, die Leuchtfeuer, sind schon am Himmel! Damit stecken vorher ein paar Flieger ab, in welchem Gebiet die Bomberpiloten bei Nacht die Bomben abwerfen sollen." Bei Nacht sieht man die Stadt von oben nicht. Die Leute müssen doch die Fenster verdunkeln, damit kein Licht durchscheint. Das weiß Grete. Das mussten sie auch tun. Ja, und die Leuchtzeichen hat Grete doch auch schon gesehen. Die sehen wirklich wie brennende Weihnachtsbäume aus. Und wenn die am Himmel stehen, dann wird es ernst. Dann fallen gleich die Bomben.

Was werden nun die alte Frau Mathilde und die Frau Auguste von nebenan machen? Die können doch nicht mehr in den Keller rennen. Oder gar noch bis zum Luftschutzbunker laufen. Was werden nun all die Leute in Kassel machen? Wie werden die Kinder in den Kellern sitzen und vor Angst bibbern! Gut, dass die Ingrid, die Gerlinde und Inge weg sind. Ingrids Mutter musste aber in Kassel bleiben und Panzer bauen helfen. Vielleicht werfen die Engländer extra Bomben auf Kassel, damit keine Panzer mehr gebaut werden können. Ein bisschen war die Henschelfabrik ja schon kaputt gebombt worden, als Grete weg ging.

Jetzt leuchtet der Himmel etwas rot. Da brennen bestimmt schon Häuser, denkt Grete. Und der Feuerschein wird immer greller. Bald schimmert der ganze Himmel über der Stadt rot. Was da geschieht, mag sich Grete gar nicht ausdenken. Mit so einem großen Feuer hat sie sich früher immer die Hölle vorgestellt. Jetzt erleben die Menschen in Kassel die Hölle. Und verbrennen bei lebendigem Leibe. Grete ist so erregt, dass sie gar nicht mehr weinen kann. Sie zittert am ganzen Körper. In die Hölle kommen doch eigentlich nur die Menschen, die Böses getan haben. So hat das Grete jedenfalls früher mal gehört. Alle Leute in Kassel werden doch nichts Schlimmes getan haben. Die alte Frau Mathilde und die Frau Auguste von nebenan bestimmt nicht. Und die Mutter von Ingrid bestimmt auch nicht. Die musste doch beim Bauen der Panzer helfen, ob sie wollte oder nicht. Und diejenigen, die die schlimmen Dinge bestimmen und den Krieg wollen, die werden bestimmt schnell mit einem Auto weggefahren sein. Bestimmt! Die können sich retten, verschmoren nicht in der Hölle. Wie ungerecht!

Grete ballt vor Wut ihre Hände zur Faust zusammen. Jetzt lehnt sie sich auf und muss nicht mehr jammern und klagen. Sie knirscht jetzt mit den Zähnen, vorher haben ihre Zähne geklappert, so gezittert hat sie. Beim Stehen war ihr ja auch ein bisschen kalt geworden. Sie stehen doch schon lange und blicken wie versteinert nach Kassel. So etwas Schlimmes! Der ganze Himmel ist feuerrot!

„Komm, wir gehen heim!", sagt Oma schließlich mit gebrochener Stimme und legt ihren Arm um Grete. „Wir können doch nichts ändern." „Kommt, wir können nichts ändern!", meint auch Tante Schneider. Agnes und Gudrun schluchzen laut auf. Opa Schneider nimmt die beiden an die Hand und stößt verzweifelt leise heraus: „Wir können nichts machen!" Gegen den roten Himmel sieht Grete, dass er dabei heftig mit dem Kopf schüttelt. Ja, wenn Grete etwas auf der Welt ändern könnte, dann gäbe es keinen Krieg. Dann wäre es so nicht auf der Erde. So nicht!

Mit schweren Schritten schleppt sich Grete heim. Immer wieder weint sie laut heraus. Gut, dass Oma sie fest im Arm hält. Wie gut, dass sie Oma hat und bei Oma sein kann! Aber…

Auch als Grete im Bett liegt, muss sie immer noch weinen. Die armen Leute in Kassel! Was müssen die durchmachen! Oma kann sie nicht beruhigen. Was sollte sie auch sagen!

Grete drückt ihre Heidi ganz fest an sich. Wie oft hat Grete schon mit ihrer Puppe, ihrer geliebten Heidi, im Arm geweint! Immer wenn niemand sie trösten kann, dann teilt sie ihren Kummer mit Heidi. Oh, meine liebe Heidi… Was gibt es doch Schlimmes auf der Welt!

Hans will mit nach Kassel

Schon im Morgengrauen ging der Ortsdiener mit seiner Schelle durchs Dorf und gab bekannt: „Heute Nacht wurde Kassel durch die Engländer stark zerstört. Alle Hitlerjungen und BDM-Mädchen werden aufgefordert, mit dem ersten Zug nach Kassel zu fahren, um dort zu helfen." Hoffentlich hat Hans die Bekanntmachung gehört, denkt Grete. Bestimmt wird er diese Nacht auch nicht gut geschlafen haben. Grete konnte jedenfalls kein Auge zumachen. Hans gehört aber eigentlich noch nicht zu den Hitlerjungen. Er ist doch erst 13 Jahre und ist noch beim Jungvolk, bei den Pimpfen. Erst mit 14 Jahren wird er in die Hitlerjugend aufgenommen. Aber vielleicht will er trotzdem schon helfen.

Ja, Grete hat richtig vermutet: Hans will auch mitfahren. Er hat doch schon so oft gesagt, dass er sich dafür einsetzen will, dass Deutschland den Krieg gewinnt. Zuhause arbeitet er schon immer tüchtig auf dem Bauernhof und will seinen Vater ersetzen, weil der in Russland kämpfen muss. Und jetzt hält er es für wichtig, dass er in Kassel hilft.

Grete würde gerne den armen Menschen in Kassel auch helfen. Eigentlich könnte sie doch auch schon etwas tun. Zum Beispiel Brote schmieren, damit die Ausgebombten etwas zu essen haben. Oder in den Kellern nachsehen, ob da Verletzte liegen. Sie könnte zumindest älteren Helfern Bescheid geben. Ja, sie möchte irgendwie helfen. Aber Oma lässt sie bestimmt nicht mitfahren. „Das verkraftest du noch nicht!", sagt Oma kurz. „Das ist zu schrecklich für dich!"

Vielleicht hat Oma recht. Wenn da Schwerverletzte nach Hilfe schreien! Oder Menschen unter Trümmern nach Hilfe rufen. Wenn da Tote liegen! Ja, das könnte sie nicht aushalten. Dann würde sie nur weinen und könnte nichts tun.

Aber es ist auch zum Weinen, wenn man nicht helfen kann. Grete schießen wieder Tränen in die Augen. Oma versteht das und nimmt sie in die Arme. „Gut, dass du hier bist und die Hölle nicht erleben musstest!", sagt Oma zärtlich und streicht ihr übers Haar. „Sei froh!" Aber wie kann Grete froh sein, wenn so viele Leute Schreckliches erlebt haben und erleben. Sie weint und weint. Heute kann sie nicht in die Schule gehen. Heute nicht. Das wird Lehrer Stöcklein verstehen. Bestimmt!

Hans war in Kassel

Als Hans spätabends mit dem Zug zurückkommt, sind alle darauf gespannt, was er berichtet. Grete kann kaum erwarten, bis sie endlich etwas von Kassel hört. So setzen sich alle in der Küche von Tante Annels zusammen. Auch die Schneiders sitzen um Hans herum. Aber er erzählt nichts. Sitzt da ganz mitgenommen, ganz bleich. Tante Schneider durchbricht die Betroffenheit, die betretene Stille: „Was kann man da erzählen? Dafür gibt es keine Worte!" Und Opa Schneider gibt zu bedenken: „Die ganze Stadt muss gebrannt haben, der Himmel war feuerrot." Grete schießen wieder Tränen in die Augen. Auch Oma muss sich die Nase putzen. Agnes und Gudrun klammern sich an ihre Mutter. Die Stille ist kaum auszuhalten.

Plötzlich bringt Hans abrupt heraus: „Auch die Straße hat gebrannt!" Opa Schneider nickt: „Ja, das war in Essen auch so. Der Asphalt, der Teer brennt!" „In den Kellern saßen die Leute noch, als ob nichts gewesen wäre", stammelt Hans weiter. „Aber sie waren tot." „Ja, die sind erstickt!", erklärt Opa Schneider nur kurz. Hans lässt seinen Oberkörper nach vorne fallen, hält sich die Hände vors Gesicht und schluchzt laut heraus. Gut, dass er weinen kann, denkt Grete. Wenn man nicht weinen kann, ist es noch schlimmer.

Plötzlich springt Hans auf und streckt die geballte Faust nach oben: „Den Engländern, den Schweinen, zeig ich es!" Keiner sagt ein Wort dazu. Alle sehen betreten auf den Boden.

Erst nach einer Weile sagt Tante Annels: „Komm, beruhige dich und setz dich wieder!" Und nachdem sie tief Luft geholt und diese hörbar wieder ausgestoßen hat, sagt sie noch: „Komm, leg dich erst einmal schlafen!"

Die Schneiders erheben sich schweigend von den Stühlen und bringen beim Gehen nur ein knappes „Gute Nacht" heraus. Oma greift nach Gretes Hand und so gehen auch sie.

Grete kann die Gedanken an Kassel nicht verdrängen. Und so kann sie wieder nicht einschlafen, obwohl sie todmüde ist. Sie faltet die

Hände zum Gebet und bittet nur kurz: „Lieber Gott, lass so etwas nie wieder geschehen!" Aber dann denkt sie, dass so etwas Gott nicht verhindern kann. Das machen doch Menschen, die sich nicht an Gottes Gebote halten, die nicht nach Gottes Willen leben. Grete ist ganz verzweifelt. Was kann man gegen solche Menschen tun? Was könnte sie nur tun? Ja, was…?!

Neue Schüler aus Kassel

Heute muss Lehrer Stöcklein die Tische im Klassenraum umstellen. Denn heute kommen wieder einmal neue Schüler. Grete hat die fremden Gesichter schon auf dem Schulhof gesehen, aber traute sich nicht, diese Kinder anzusprechen. Als diese – zwei Jungen und ein Mädchen – vor der Tafel stehen und darauf warten, dass sie Lehrer Stöcklein irgendwo hinsetzt, tun sie Grete leid. Schließlich weiß sie noch genau, wie mulmig es ihr zumute war, als sie vor einem halben Jahr auch neu in diese Schule kam.

Die drei werden bestimmt auch aus Kassel sein. Gestern sind doch viele Ausgebombte aus Kassel nach Schwalmdorf gekommen. Und der Bürgermeister war wieder von Haus zu Haus gegangen und hat geprüft, wie viele Leute im Haus wohnen; wie viele Räume es gibt, wie viele Öfen, Betten, Stühle und Tische im Haus sind. Bei Tante Annels waren alle freien Betten belegt, die Schneiders müssen doch schon alle zusammen in zwei Betten schlafen und Hans musste doch schon ins Schlafzimmer seiner Eltern umziehen und im Bett seines Vaters schlafen. Da konnte nun der Bürgermeister nicht noch mehr Leute bei Tante Annels einquartieren. Und Oma wohnt ja schon sehr beengt in den zwei Zimmern des Ellerhäuschens. Und jetzt ist doch auch noch Grete bei ihr.

Aber irgendwo müssen die Leute aus Kassel untergekommen sein. Bestimmt haben sich die Familien aus Schwalmdorf nicht gefreut, dass sie nun fremde Leute ins Haus nehmen mussten. Und den Ausgebombten aus Kassel wird es sicher auch nicht angenehm gewesen sein, dass sie nun bei fremden Leuten wohnen müssen. Aber sie werden froh sein, dass sie hier überhaupt ein Dach über dem Kopf haben. Ihr Haus in Kassel wird doch bestimmt ganz kaputt, unbewohnbar sein. Nicht einmal im Keller werden sie noch wohnen können, sonst würden sie vielleicht dort Unterschlupf gesucht haben.

Jetzt stellt Lehrer Stöcklein noch einen Tisch an die Tischgruppe vom 3. Schuljahr und winkt dem Mädchen und einem Jungen zu: „Kommt, setzt euch hier zur Grete, die ist auch aus Kassel." Das Mädchen läuft etwas rot an und setzt sich, ohne Grete anzublicken, auf den Platz, der

Junge daneben. Grete weiß nichts zu sagen. Dabei möchte sie gerne dem Mädchen etwas sagen, auf sie zugehen. Gut, dass sie Lehrer Stöcklein aus der Beklemmung erlöst und die neuen auffordert: „Nun sagt den anderen erst einmal, wie ihr heißt und wo ihr herkommt!" Der Junge steht auf und sagt verschüchtert: „Ich heiße Klaus und komme aus Kassel." „Und du?", fragt Lehrer Stöcklein nur kurz und zeigt auf das Mädchen. Ohne aufzublicken, erhebt sich das Mädchen ein bisschen und stammelt mit rotem Kopf: „Ich bin die Margret und komme auch aus Kassel." „Auch aus Kassel" blieb ihr fast im Hals stecken, aber das werden doch alle sowieso wissen. Als Lehrer Stöcklein auf den dritten neuen Schüler, den er zum 1. Schuljahr gesetzt hat, zeigt, fängt dieser an zu weinen. „Nah, du weißt doch wie du heißt!", fordert ihn Lehrer Stöcklein noch auf. Da weint der Junge laut heraus. Grete ist ganz betroffen. Sie fühlt mit dem Jungen. Für sie war es doch auch nicht leicht, als sie als Neue in diese Schule kam. Gut, dass der Klaus nochmals aufsteht und sagt: „Der heißt Jürgen. Das ist mein kleiner Bruder!"

Margret hat gar keine Schulsachen dabei, Klaus auch nicht und der Jürgen hat bestimmt auch nichts. Die Bücher und Hefte werden sicher beim Bombenangriff verbrannt sein.

Grete legt ihre Schiefertafel Margret hin und schiebt ihr den Griffelkasten rüber. Margret sagt gar nichts dazu und sieht Grete nur flüchtig von der Seite an. Vielleicht wundert sie sich, was sie mit der Tafel soll. Schließlich hat sie wie auch Grete in Kassel nur noch im 1. Schuljahr auf die Tafel geschrieben. „Du kannst auf meine Tafel schreiben, die brauche ich nicht mehr", flüstert Grete schließlich leise und fasst Margret am Arm. Am liebsten würde Grete jetzt Margret viel über die Schule in Schwalmdorf erzählen, aber sie traut sich nicht zu sprechen. Wenn Lehrer Stöcklein einem Schuljahr etwas erklärt, dann müssen die anderen Kinder Stillarbeit machen und dürfen dabei kein Wort reden.

Lehrer Stöcklein erklärt doch gerade dem 4. Schuljahr, was die rechnen sollen. Schon kommt er zu der Tischgruppe von den Schülern des 3. Schuljahres. Auch sie sollen jetzt rechnen. Grete schiebt schnell das

Rechenbuch etwas zu Margret hin. Lehrer Stöcklein nickt nur mit dem Kopf, sagt aber nichts dazu. Auch der Junge, der neben Klaus sitzt, rückt näher zu Klaus und schiebt das Buch etwas rüber. Ja, jetzt im Unterricht können sie doch gut zu zweit in die Bücher sehen, aber wie soll das dann bei den Hausaufgaben werden? Lehrer Stöcklein meint, dass vielleicht einer von den älteren Schülern noch ein Rechenbuch vom 3. Schuljahr habe und dass er das noch nicht einem jüngeren Schüler gegeben oder verkauft habe. „Ich kümmere mich darum!", sagt er kurz. Hoffentlich denkt er daran, dass er auch für Klaus die Bücher besorgen muss. Schließlich hat er dabei nur Margret angesehen. Und Klaus und Margret werden doch nicht bei der selben Familie in Schwalmdorf wohnen, schließlich sind sie keine Geschwister.

Mit einem Auge sieht Grete immer zu Margret, ob die die Aufgaben auch kann. Ja, sie kann sie, ist aber noch nicht so weit wie sie. Sicher kann die sich auf die Aufgaben nicht konzentrieren und denkt noch an das, was sie durchgemacht hat. Bestimmt hat sie noch das Schreckliche vom Bombenangriff vor Augen. Bestimmt. Und jetzt all das Neue in Schwalmdorf…

Grete ist heute in Gedanken aber auch nicht richtig bei der Sache. Sie überlegt, was sie Margret zum Anziehen geben könnte. Schließlich werden Margret, Klaus und Jürgen nur das zum Anziehen haben, was sie am Leib tragen. Alles andere wird verbrannt sein. Das war doch bei den Schneiders auch so. Ihre neue Strickjacke, die ihr Oma zum Geburtstag geschenkt hatte, diese könnte Grete doch erst einmal Margret geben. Es dauert doch eine Zeit, bis die Ausgebombten Kleidermarken bekommen und sich etwas Neues kaufen oder machen können. Und dann werden sie auch nur das Nötigste haben.

Gut, dass Grete schon vor dem großen, ganz schlimmen Bombenangriff aus Kassel weggezogen ist. Ihr Haus ist doch vielleicht auch kaputt. Nur gut, dass Mama noch viele Sachen in Koffern und Kartons damals zur Oma transportiert hat. Was dennoch alles in Kassel geblieben und vielleicht verbrannt ist, daran mag Grete jetzt nicht denken. Daran darf sie jetzt nicht denken, sonst kommen ihr die Tränen. So versucht sie, sich auf die Rechenaufgaben zu konzentrieren…

Oma erzählt von der Kirmes

Beim Mittagessen, und Oma hatte am Sonntag extra wieder einmal die guten Kartoffelklöße gemacht, stehen Grete Tränen in den Augen. Schon beim Tischgebet, das Oma und Grete vor jedem Essen sprechen, versagte ihr etwas die Stimme, brachte Grete kaum die Worte heraus: „Danke, Herr, für diese Gaben, die wir von dir empfangen haben!"

Ja, Oma weiß, seit Tagen ist Grete in Gedanken nur in Kassel. „Irgendetwas werden die Leute in Kassel schon zu essen haben!", sagt Oma einfühlend und blickt dabei Grete liebevoll an. Grete sieht auf und dabei rollen ihr Tränen über die Wangen. Zu sagen braucht sie nichts. Oma hat verstanden. Aber was sollte Oma auch sagen. Sie weiß doch auch, wie schlimm es den Leuten in Kassel geht. Und so essen sie schweigend die Klöße mit der Speckzwiebelsoße. Nur ihre Blicke treffen sich hin und wieder.

Nachdem Oma nach dem Mittagessen wie immer auf dem Sofa etwas die Beine hochgelegt hatte, sagt sie nur kurz zu Grete: „Komm, setz dich ein bisschen zu mir!" Fast jeden Sonntag sitzen sie zusammen auf dem Sofa und Oma erzählt etwas… Meistens etwas von früher, das hört Grete nämlich besonders gern.

„Wenn die Arbeiten in Feld und auch im Garten ziemlich beendet waren, dann hat man früher Kirmes gefeiert", erzählt Oma gleich, um wohl Grete auf andere Gedanken zu bringen. „Vor dem Krieg war die Kirmes das größte Fest vom ganzen Jahr", sagt Oma. „Vier Tage lang wurde da zusammen gefeiert." Schon hat Oma bei Grete etwas Interesse geweckt.

Aber so richtig kann sich Grete auf diese Gedanken noch nicht einlassen. Oma erzählt aber einfach weiter. „Erst einmal haben die Burschen mit einem Pferdewagen, dem Bierwagen, in der Brauerei viel Kirmesbier geholt. Und wie sie das gemacht haben, war allein schon ein großer Spaß!", erzählt Oma. „Am nächsten Tag fuhren sie dann zu den Mädchen und luden die extra mit lustigen Sprüchen zum Tanz ein. Und dann haben sie zusammen getanzt, Kirmesku-

chen gegessen und auch mal Schnaps getrunken. Da ging es lustig her." Oma lächelt, als sie sich erinnert: „Ja, wie schön war das, als ich noch jung war und mit deinem Opa getanzt habe!" Und dabei erstickt ihre Stimme ein bisschen, so als ob sie einen Kloß im Hals hat. Grete legt ihre Hand auf Omas Arm. Ja, das war bestimmt schön. Schließlich haben sich Oma und Opa doch so lieb gehabt. Und jetzt ist Opa schon ein paar Jahre tot.

„Erzähl bitte weiter!", sagt Grete schnell, um Oma wieder aufzumuntern. Oma atmet tief durch und erzählt schließlich weiter. „Am Samstagmorgen haben die Musikanten bei den Leuten vor dem Haus Ständchen gespielt. Da konnten wir uns ein Lied wünschen, und da habe ich mir ‚Beim Holderstrauch wir saßen Hand in Hand' gewünscht! Das war nämlich das Lieblingslied von Opa und mir." Und dabei hat Oma schon wieder ein bisschen einen Kloß im Hals. Schnell sagt Grete wieder: „Bitte weiter, Oma!" Oma holt tief Luft und erzählt weiter: „Und nachmittags und abends haben die Musikanten im Saal wieder zum Tanz aufgespielt." „Und da hast du bestimmt wieder viel mit Opa Jakob getanzt!", wirft Grete ein. Oma sagt nur leise vor sich hin: „Ja!", und nickt dabei mehrmals mit dem Kopf. Grete kann sich gut vorstellen, wie schön das war. Wenn man jung ist, ist das Leben doch schöner, als wenn man alt und allein ist. Aber so ganz allein ist Oma ja nicht. Schließlich ist jetzt sie bei Oma. Aber sie kann Opa nicht ersetzen.

Nachdem Oma wieder tief Luft geholt hat, erzählt sie weiter. „Am Sonntagmorgen sind wir dann alle zusammen in die Kirche gegangen. Die Kirmes wird doch eigentlich zur Erinnerung an die Kirchweihe gefeiert." Und beiläufig bemerkt sie noch hinterher: „Aber daran dachten wir eigentlich gar nicht. Wir wollten nur ein schönes Fest feiern – zusammen tanzen, singen, essen und mal einen trinken!". „Das darf man doch auch mal", meint Grete. „Wenn man das ganze Jahr viel arbeitet, dann darf man doch auch mal richtig feiern!" Da nickt Oma nur. „Am Sonntagnachmittag war dann der Höhepunkt der Kirmes", erzählt Oma weiter. „Da haben die Burschen ihre Mädchen durch das Dorf zum Tanz unter der Linde geführt. Und da haben alle Leute geguckt, wer wohl das schönste Pärchen sei!" Dabei greift Oma nach Gretes Hand und sieht sie etwas verschmitzt an. Grete platzt unvermittelt heraus: „Oma, ihr wart bestimmt das schönste Pärchen!" „Das weiß ich nicht!", sagt Oma darauf nur. „Aber die Leute haben schon zwei Jahre vor unserer Hochzeit gesagt, dass wir bestimmt mal heiraten werden!" „ Und das habt ihr ja auch gemacht!", wirft Grete ein. Grete ist jetzt etwas aufgewühlt, so schön findet sie das alles. „Und zum Tanz unter der Linde haben wir unsere allerschönste Tracht angezogen", ergänzt Oma noch. „Jeder wollte am stolzesten sein!" Ja, das muss wunderschön gewesen sein, wenn die Mädchen mit ihren Burschen um die Linde getanzt und alle Leute zugesehen haben. Das kann sich Grete sehr gut vorstellen. Und dabei hat bestimmt manch eine Oma mit Tränen in den Augen gedacht, wie schön das war, als sie früher unter den Mädchen gewesen war. So wie Oma jetzt mit einer Träne im Auge an ihre Jugendzeit denkt.

„Aber jetzt im Krieg wollen die Leute kein Fest feiern." Das wundert Grete wirklich nicht. Schließlich sind jetzt viele Burschen und Männer im Krieg und müssen Schlimmes durchstehen. Und viele von ihnen sind im Krieg auch schon gefallen, gestorben – allein aus Schwalmdorf schon acht Männer. Da wollen die Leute nicht lustig feiern. Da wird eben keine Kirmes veranstaltet. Das versteht Grete.

Wenn sie älter ist, dann würde sie aber gerne mal die Kirmes mitfeiern. Dann wird ja hoffentlich der Krieg vorbei sein. Aber wer weiß, ob sie dann noch in Schwalmdorf ist?! Wer weiß!

Oma und Grete machen Schlehen und Hagebutten ab

Die Tage sind bereits kürzer und kälter geworden und nachts friert es schon ein bisschen. Die Arbeiten im Feld und im Garten sind abgeschlossen und die Gerätschaften sind sauber gemacht und in den Schuppen gestellt worden. Die Kühe werden nicht mehr auf die Weide getrieben. Einige Bäume haben schon ihr Laub abgeworfen. Der Wind treibt die bunten Blätter vor sich her. Alles ist lange in Nebel eingehüllt, nur selten kommt noch die Sonne durch. Die Natur zieht sich zurück. Irgendwie liegt so eine Stimmung von Sterben in der Luft. Und so ein modriger Geruch, findet Grete.

Aber Oma will sich noch nicht ganz ins Haus zurückziehen. Sie muss noch Hagebutten und Schlehen sammeln, das hat sie bisher noch nicht geschafft. Und Grete soll dabei helfen. Sie sehen zuerst in der Hohle nach, ob da noch Schlehen und Hagebutten hängen. Vielleicht wurden noch nicht alle von anderen abgepflückt. Und sie haben Glück. Sie brauchen nicht bis an den Waldrand zu laufen.

Grete zupft die Hagebutten ab und Oma die Schlehen. Bald hat jeder seinen Eimer schon etwas gefüllt. Nun wird Oma aber genug für Tee haben – was sie schon alles im Laufe des Jahres gesammelt haben! Das denkt jedenfalls Grete. Aber Oma gibt zu bedenken: „Jetzt sind wir doch zu zweit, da brauchen wir schon einiges." Und nach einer Weile hakt sie noch nach: „Der Winter ist lang. Und bei der Kälte trinkt man doch gern mal einen heißen Tee!" Grete nickt. Ja, das stimmt! Da will sie ihr Eimerchen doch lieber noch voller machen.

Zu Hause schneiden sie dann noch von den Hagebutten die Blütenstände ab. Und dann schiebt Oma alles zum Trocknen in den Backofen vom Küchenherd. Ein Blech voller Schlehen und ein Blech voller Hagebutten. „Aber die Backofentür vom Herd darf nicht geschlossen werden", ermahnt Oma. „Sonst wird es zu heiß". Ja, das weiß Grete doch schon. Beim Dörren des Obstes war das schließlich auch so. Da durfte der große Ofen, in dem sie immer das Brot backen, doch auch nur noch ein bisschen warm sein.

Und für den Winter will Oma auch noch ein paar Flaschen Schlehensaft kochen. Aber erst einmal müssen die Schlehen getrocknet werden. In ein paar Tagen will sie dann die Schlehen mit heißem Wasser übergießen, über Nacht stehen lassen und dann das Wasser nochmals kochen und darin nochmals die Schlehen ziehen lassen. „Der Tee und Saft von Schlehen ist besonders gut bei Erkältung, aber er schmeckt auch so", sagt Oma. Das will Grete gerne glauben. Schließlich kennt sich Oma mit allem gut aus. Was hat Grete nicht schon alles von Oma gelernt!

Eine Gans wurde geschlachtet

Hm, das riecht aber gut, denkt Grete, als sie in die Küche geht. Sie zieht die Luft tief ein. Das riecht nach Braten! Nach Sonntagsbraten. Und es ist doch erst Samstagnachmittag. Aber wenn es sonntags mal Fleisch gibt, dann brät es Oma meistens schon samstags. Sonntagmorgen will sie doch immer in Ruhe in die Kirche gehen.

Diesen Geruch gab es aber schon lange nicht mehr. Seit Wochen, vielleicht schon seit Monaten konnte Oma kein Fleisch mehr auftischen. Endlich mal wieder einen Sonntagsbraten! Wie schön! Grete läuft ein bisschen das Wasser im Mund zusammen…

Plötzlich hält Grete inne, hält lange die Luft an. Oh Schreck! Das wird Fleisch von der Gans sein!

Als Grete gestern aus der Schule kam, hörte sie ein lautes Gezeter vom Gänsepferch her. Und sie wunderte sich noch, dass die Gänse so laut schreien. „Ich muss erst Mittag essen, dann komme ich, dann gehen wir an die Schwalm! Wartet ab!", rief Grete in Richtung Gänsepferch etwas entrüstet. Die Gänse zeterten aber mächtig laut weiter.

Und als Grete die Gänse nach dem Essen gleich an die Schwalm führen wollte, merkte sie sofort, dass etwas nicht stimmte. Die Gänse stürmten wild los, wie aufgescheucht kreuz und quer durcheinander. So etwas hat Grete noch nicht gesehen. Sonst sind sie immer schnurstracks hintereinander aus dem Hof heraus in Richtung Schwalm gewatschelt. So aufgeregt, ja kopflos wie gestern hat Grete die Gänse noch nie erlebt. Ob ein Fuchs am Pferch war? „Was ist nur passiert?", fragte sie Oma besorgt…

Oma meinte nur kleinlaut: „Tante Annels hat eine Gans geschlachtet!" Grete zählte schnell die Gänse durch. Ja, es waren nur noch 13! Eigentlich hätten es 14 sein müssen – ein Ganter, die Muttergans und 12 Gänschen, die mittlerweile aber auch fast so groß wie die alten sind. Was?! Geschlachtet wurde eine Gans?! Grete erinnert sich auch, wie aufgebracht sie dann alle Gänse genau angesehen hat. Aber sie konnte nicht genau feststellen, welche es getroffen hatte. So genau kann sie die Gänse schließlich nicht unterscheiden.

„Oma, haben die anderen Gänse gemerkt, dass eine von ihnen fehlt, totgemacht wurde?", fragt Grete, als Oma mit einer Karotte und einem Stengel Lauch in der Hand zur Küchentür hereinkommt. Oma dreht sich verwundert zu Grete um: „Warum fragst du? Du hast doch selbst erlebt, wie aufgeregt gestern die Gänse waren." Ja, das weiß Grete. Bestimmt haben die Gänse die andere vermisst und danach gesucht.

„Die arme Gans!", stammelt Grete nur, als Oma den Deckel von dem Bratentopf abnimmt und die Karotte und das Lauch dazu schneidet. „Wir bekommen nur einen Schenkel und einen Flügel", sagt Oma, als sie das Fleisch in dem Topf wendet. „Das andere brät Tante Annels für sich und die anderen – an so einer Gans ist doch schon viel dran –, dann haben wir alle mal für zwei Tage gutes Essen." „Aber ich nicht!", Grete dreht sich um. Gleich wendet sie sich aber wieder zu Oma. „Oma, ich möchte kein Gänsefleisch essen", sagt sie schließlich mit weinerlicher Stimme. Oma blickt vom Kochen auf und sieht Grete gar nicht verwundert an: „Das versteh ich. Du warst doch viel mit ihnen zusammen." „Ja…", Gretes Stimme erstickt.

Nach einer Weile gibt Oma zu bedenken: „Aber du kannst doch denken, dass du den Gänsen immer viel Freude bereitet hast, dass die Gans dann wenigstens ein schönes Leben gehabt hat." Grete holt tief Luft und quetscht heraus: „Aber…!" Oma legt ihre Hand auf Gretes Arm: „Ich weiß! Ich habe immer gedacht, wenn wir ein Tier geschlachtet haben, dass ich vorher für das Tier gut gesorgt habe. Das hat mir ein bisschen geholfen." Grete holt wieder tief Luft und will wieder zu einem Aber ansetzen. „Ich weiß!" Oma atmet auch tief durch und sagt dann beiläufig: „Aber das Fleisch schmeckt eben doch so gut!" Ja, das stimmt! Wenn Grete mal Fleisch oder Wurst zu essen bekam, dann war das schon etwas besonders Gutes. Nur: Dass dafür Tiere sterben müssen! Früher hat sie die aber nicht so gekannt. Aber mit der Gans war sie doch viel zusammen.

Der Bratendunst steigt Grete wieder in die Nase. Jetzt ist Grete unsicher geworden. Vielleicht isst sie morgen doch etwas vom Gänsebraten. Aber vielleicht nur ein bisschen. „Wenn wir morgen Mittag vor dem Essen beten, dann können wir Gott ja besonders für die schönen Gänse danken, die uns doch so gut schmecken", meint Oma. Und Grete könnte doch besonders der Gans… Nein! Nein! Nein! Sie wollte nicht, dass die Gans totgemacht wurde. Nein! Sie kann nichts von der Gans essen. Sie darf nicht, sonst ist sie an deren Tod mitschuldig. Nein! Da will sie nicht mitmachen. Nein!

Grete braucht Winterschuhe

„Wir müssen heute dringend zum Schuster-Konrad gehen, damit der dir ein paar Winterschuhe macht", sagt Oma resolut, als sie nach dem Mittagessen den Tisch abräumt. „Bald wird es kalt sein und schneien und da brauchst du doch ein paar hohe Schuhe." Ja, das stimmt, denkt Grete. Schließlich waren ihr die alten Winterschuhe schon im letzten Winter recht knapp geworden. Wenn sie diese länger anhatte, dann taten ihr die Zehen weh. Und in den leichten Halbschuhen könnte sie schlecht bei Eis und Schnee herumlaufen. Aber was will Oma bei dem Konrad? „Kaufen wir die Schuhe nicht in einem Schuhgeschäft?", fragt Grete verdutzt. „Nein!", sagt Oma nur kurz, als sie die Teller abwäscht. Nach einer Weile ergänzt sie noch, ohne Grete anzusehen: „Der Schuster-Konrad kann dir Schuhe machen, die halten lange!"

Aber wer weiß, was das für Schuhe sind, denkt Grete. Sie möchte lieber ein paar Schuhe, wie sie in der Stadt getragen werden. Wie es welche in Kassel zu kaufen gab. Aber sie traut sich nicht, das zu sagen. Vielleicht hat Oma keinen Bezugsschein, dass sie welche kaufen könnte. Und den bekommt man doch zugeteilt, wie die Kleiderkarten und die Marken, auf die man etwas zu essen kaufen kann, ja nur auf die man etwas kaufen kann. So war das jedenfalls in Kassel.

Grete will lieber nicht fragen. Die Hauptsache ist doch, dass sie überhaupt Winterschuhe bekommt. Die braucht sie schließlich ganz dringend. Und da muss sie eben in Kauf nehmen, wenn die nicht so schön sind, wie sie vielleicht welche in der Stadt kaufen könnten.

Kaum hat Oma wie immer nach dem Mittagessen ein paar Minuten auf dem Sofa ihre Beine hochgelegt, rekelt sie sich wieder auf und sagt forsch: „Komm, wir gehen zum Schuster-Konrad! Die Schulaufgaben kannst du noch hinterher machen." So schlägt Grete ihr Heft zu, und sie gehen.

Der Mann, der Schuster-Konrad, wohnt nur ein paar Häuser weiter. Grete kommt immer an dem Haus vorbei, wenn sie zur Schule geht. Aber sie wusste bisher nicht, dass der Mann, der da wohnt, der Schuster-Konrad ist und Schuhe machen kann. Gesehen hat sie den Mann jedenfalls schon, denkt Grete, als sie ihn vor seinem Haus treffen.

„Konrad, du bist unsere Rettung!", überfällt ihn Oma gleich von Weitem und sagt nur beiläufig: „Guten Tag auch!" Bevor der Mann etwas sagen kann, platzt Oma heraus: „ Die Grete braucht dringend ein paar Winterschuhe!" „So?! Nah, mal sehen, was sich machen lässt!", sagt der Mann nur, sieht dabei Grete von oben bis unten an und geht voran ins Haus.

Gleich rechts die Tür führt in seine Werkstatt. Der Raum ist so klein, dass sie sich zu dritt kaum darin bewegen können. Und irgendwie riecht es nach Leder, denkt Grete. Auf Regalen stehen ja auch viele Schuhe herum.

„Ich hab noch ein Stück Leder", sagt der Schuhmacher und zeigt es der Oma. „Das könnte gerade noch ein paar Winterschuhe geben!" „Da haben wir ja Glück", sagt Oma und befühlt das Leder. „Das ist gut, das ist nicht so hart!" „Wer weiß, ob ich wieder neues Leder bekomme", sagt der Mann. „Es wird doch alles immer knapper. Ohne Schmieren bekommt man fast nichts mehr." Oma nickt: „Wenn wir geschlachtet haben, dann bekommst du noch eine Wurst – so eine Wurst bewirkt jetzt doch Wunder!" Ja, Grete weiß, dass das, was man auf die Bezugsscheine, die Karten mit den einzelnen Marken, die einem zugeteilt werden, kaufen kann, das reicht nicht aus. Ihre Mutter sagte immer: „Was man auf die Karten bekommt, das ist zum Leben zu wenig und zum Sterben zu viel!" Und da ging sie zum Beispiel noch abends durch die Hintertür zum Metzger und brachte ihm eine Tischdecke oder etwas anderes, damit sie eine Wurst oder etwas Fleisch bekam. Und eigentlich hätte Grete schon letzten Winter neue Schuhe gebraucht, aber die Mutter konnte ihr wohl keine kaufen. Wenn sie eine Wurst zum Schmieren gehabt hätte, dann hätte sie vielleicht neue Schuhe auf den Bezugsschein bekommen. Dann hätte man ihr vielleicht welche verkauft.

„Komm, Grete, zieh mal deine Schuhe aus und stell dich hier auf das Papier!", sagt der Mann, während er ein Stück Papier auf die Erde legt. Dann fährt er mit einem Bleistift um die Füße von Grete. „Mach die Schuhe groß genug! Die müssen ein paar Jahre passen!", gibt Oma zu bedenken.

„Ja, ich weiß. Aber Maßnehmen muss ich, dann kann ich noch zugeben!", sagt der Mann, als er schließlich mit einem Metermaß die Höhe und Breite vom Fuß ausmisst.

„Zuerst mache ich aus Holz zwei Leisten für dich!", sagt er zu Grete und streckt sich wieder. „Das ist zum Beispiel ein Leisten von deiner Oma!" Dabei nimmt er diesen vom Regal und zeigt ihn Grete. „Um den Leisten herum, lege ich dann das Leder und nähe es als Schuh zusammen." Grete hatte sich schon gewundert, warum der Schuhmacher auf einem Regal so viele Holzfüße stehen hat. Sicher welche von all denen, die sich bei ihm Schuhe machen lassen. „Meinen Leisten kannst du für Grete ändern, für mich brauchst du schließlich keine neuen Schuhe mehr zu machen", meint Oma. „Ich habe genug Schuhe, die halten bis zum Tod. Nur neu besohlen musst du mir die Werktagsschuhe bald, noch in diesem Winter. Aber jetzt mach erst einmal die Schuhe für Grete."

„In zehn Tagen könnt ihr ja mal nachfragen, ob ich sie schon fertig habe", sagt der Mann und schon greift Oma nach der Türklinge.

Schade, dass sie schon wieder gehen, denkt Grete. Sie hätte sich gerne noch ein bisschen länger in der Werkstatt umgesehen. Flüchtig sieht sie noch, dass am Fenster so ein niedriges Tischchen steht, auf dem viele Töpfchen mit Nägeln und kleinen Holzstiften stehen. Außerdem liegen darauf ein paar Werkzeuge, und einige Messer und andere Werkzeuge hängen auch noch an der Wand.

„Gut, dass wir den Schuster-Konrad noch haben!", meint Oma, als sie kaum aus der Türe waren. „Die jungen Schuhmacher wurden doch alle eingezogen und sind an der Front." Ja, Grete hat sich schon gewundert, dass der Mann schon so alt ist. „Der Konrad ist ein Schulkamerad von mir", sagt Oma. „Aber er arbeitet noch jeden Tag. Und kann so schöne Schuhe machen." Ja, hoffentlich werden die Schuhe schön! Schließlich hat er gar nicht gefragt, wie Grete die Schuhe gerne haben möchte. Da wird sie die Schuhe eben anziehen müssen, wie er sie gemacht hat. Aber sie wird bestimmt froh sein, dass sie überhaupt Winterschuhe hat.

Oma holt das Spinnrad herbei

„Wenn ich das Spinnrad vom Schrank herunterhole, dann beginnt endlich eine ruhigere Zeit!", meint Oma. Und auf diese Zeit hat sich Oma schon gefreut. Schön, wenn die Arbeit draußen beendet ist, dann kann man sich ins Haus zurückziehen und es sich dort ein bisschen gemütlicher und heimeliger machen. Nur Holz aus dem Holzstall muss jeden Tag geholt werden. Und wenn dann das Feuer im Herd knistert, dann darf es draußen stürmen, regnen oder schneien.

Die Hühner und Gänse muss Oma aber auch jetzt morgens und abends noch versorgen. Das ist aber nur eine kleine Aufgabe. Und an die Schwalm wollen die Gänse bestimmt auch bei Sturm und Regen, das weiß Grete. Aber wenn das Wetter gar so garstig ist, wird sie nicht mit ihnen gehen. Tante Annels, Hans und Franciszek haben noch mehr Arbeit mit all den großen Tieren. Die wollen doch auch im Winter versorgt sein. Aber insgesamt beginnt nun auch für Tante Annels eine ruhigere Zeit. Darüber wird sie sich bestimmt auch freuen. Und Hans wird bestimmt auch froh darüber sein. Und erst recht Franciszek.

Nun kann sich Oma endlich in Ruhe stundenlang ans Spinnrad setzen. Wie beruhigend und schön das ist, wenn das Spinnrad so gleichmäßig surrt! Und wie einfach das aussieht, wenn Oma die Wolle so nach und nach in die Spule laufen lässt.

Das möchte Grete auch mal ausprobieren, das kann doch nicht schwer sein. Aber als sie sich schließlich ans Spinnrad setzen darf, merkt sie erst, wie schwer das doch ist. Allein das gleichmäßige Treten des Schwungrades schafft sie nicht. Und gleich reißt der Faden. Gut, dass ihn Oma wieder anstückeln kann. Dann wird der Faden zu dick, flutscht ihr zu viel Wolle aus der Hand, dann reißt wieder der Faden. Oh! Grete gibt auf. Das kann sie nicht.

„Aller Anfang ist schwer!", meint Oma nur und setzt sich wieder ans Spinnrad. „Als ich so alt war wie du, da musste ich im Winter schon jeden Tag nach der Schule spinnen. Da bekommt man ein

Gefühl dafür." Ja, Grete weiß: Übung macht den Meister! „Und damals haben wir auch noch Flachs gesponnen – von dem Garn hat dann mein Opa Leinen gewebt", erzählt Oma. „Der Flachs wurde vom Rocken gesponnen, das war noch schwerer." Wie das gemacht wurde, das will Grete erst gar nicht fragen. Das wird sie doch nicht richtig verstehen.

„In der Jugendzeit haben wir uns abends mit den anderen Mädchen in der Spinnstube zum Spinnen zusammengesetzt. Dann war es kurzweiliger", erzählt Oma weiter und dabei tritt sie ganz gleichmäßig das Spinnrad weiter. „Zuerst haben wir in der Spinnstube nur gesponnen und uns dabei etwas erzählt. Aber zu vorgerückter Stunde kamen dann die Jungen dazu und dann ging es lustiger zu", erzählt Oma schmunzelnd weiter und sieht dabei Grete an, ohne mit Spinnen aufzuhören. „Dann haben wir Spiele gemacht oder gesungen und manchmal sogar auch ein bisschen getanzt." Oh, das muss schön gewesen sein! Da hätte Grete auch gerne mitgemacht. „Aber nur einfach am Abend nichts tun, das hätten wir nicht gedurft. Erst mussten wir noch ein paar Stunden spinnen", betont Oma noch. Aber mit den anderen zusammen wird das auch Spaß gemacht haben, denkt Grete. „Und so trafen wir Jugendliche uns jeden Abend bei einem anderen – bis draußen die Frühjahrsarbeit wieder anfing", ergänzt Oma schließlich. „Es musste eben immer, auch im Winter, etwas gearbeitet werden!".

Ja, wenn Oma von früher erzählt, das findet Grete immer zu schön. Früher – das war doch eine ganz andere Zeit. Da war vieles noch anders. Aber ob alles immer besser wird, das kann Grete noch nicht sagen. Jetzt im Krieg ist die Zeit jedenfalls wieder schlechter geworden. Viel schlechter! Wer weiß, wie es noch weitergeht?!

Grete strickt für Papa

Da Oma jetzt wieder Wolle spinnt, kann Grete nun auch wieder stricken. In der letzten Zeit hätte sie zwar gerne etwas gestrickt, hatte aber keine Wolle mehr. So will sie jetzt zuerst einmal etwas für Papa stricken. In Russland soll es doch sehr kalt werden, kälter als hier.

Kaum hat Oma einen ersten Knäuel Wolle fertig gesponnen, setzt sich Grete zum Stricken hin. Als Erstes möchte sie Pulswärmer für ihren Vater stricken. Handschuhe kann sie schließlich noch nicht stricken. Die Martlies, zu der Grete einmal in der Woche zum Strickunterricht in die Schule geht, meinte auch, dass sie doch erst einmal Pulswärmer stricken könne. Das wäre nicht so schwer. Das meinte Oma auch und half ihr, die Maschen aufzunehmen. Irgendwie wird das Maß Papa schon passen. Abwechselnd eine rechte und eine linke Masche immer rundherum, das weitet sich und passt sich doch gut dem Handgelenk an.

Voller Eifer strickt sie nun Runde um Runde und vergisst alles um sich herum. Draußen weht schon ein kalter Wind und pfeift um die Ecken. Da halten sich auch die Kätzchen nicht mehr gerne draußen auf. Alle vier liegen zusammengekuschelt auf der Bank. Welch ein schöner Anblick! Und seit einigen Tagen sitzt Oma fast nur noch am Spinnrad und spinnt. Das leise Surren des Rades schafft so eine heimelige Atmosphäre!

Einen Batzen Wolle hat Oma schon gesponnen und auch dann immer drei dünne Fäden noch auf der Haspel zusammengedreht. Und dann mussten die zusammengedrehten Fäden nochmals auf dem Spinnrad gesponnen werden. Erst danach war das Garn für das Stricken fertig. Ja, den ersten Knäuel hat sich Grete schon vorgenommen.

Oma will aber erst noch viel mehr spinnen, bevor sie auch zum Stricken übergeht. Tante Annels will doch auch für Onkel Hannjerr noch ein Paar Strümpfe und Ohrenschützer stricken, die wird er bei der Kälte doch benötigen. „Und dein Papa kann bestimmt auch noch ein paar dicke Schafwollstrümpfe gebrauchen", meint Oma, ohne vom Spinnen aufzublicken. Eigentlich hat sich Grete das schon insgeheim vorgenommen. Wenn sie die stricken könnte, dann wäre sie sehr stolz. Mit Hilfe von der Martlies und von Oma wird sie das vielleicht schaffen. Ja, das will sie schaffen.

Aber jetzt will sie sich erst einmal beeilen, dass die Pulswärmer fertig werden. Am liebsten würde sie die gleich morgen wegschicken. In Gedanken sieht sie vor sich, wie Papa das Päckchen aufmacht und sich über die Pulswärmer freut… Vielleicht streift er die dann ganz vorsichtig voll Behagen über seine Hände und zeigt sie stolz seinen Kameraden – Pulswärmer, die seine Tochter für ihn gestrickt hat.

Oh, vielleicht sind dann aber einige seiner Kameraden traurig, dass sie keine so schönen Pulswärmer haben. Vielleicht haben die keine Tochter, die ihnen welche stricken könnte. Vielleicht haben die überhaupt niemanden, der an sie denkt. Die Martlies hat doch in der vorigen Strickstunde graue Wolle an die älteren Mädchen verteilt. Und die sollen dann davon für unbekannte Soldaten ein paar Strümpfe stricken… Ja, Grete könnte doch für fremde unbekannte Soldaten auch Pulswärmer stricken… Hoffentlich hat Oma noch Wolle übrig! Dann wird sie das tun. Aber jetzt will sie sich erst einmal beeilen, dass die Pulswärmer für Papa fertig werden…

Ein Schwein wird geschlachtet

Grete lag noch im Bett, da hörte sie im Morgengrauen ein Schwein laut quieken, ja kreischen. Jetzt wird es bestimmt geschlachtet. Das arme Schwein! Grete zieht die Bettdecke über die Ohren. Aber das Kreischen ist immer noch zu hören und geht ihr durch Mark und Bein.

Plötzlich ist nichts mehr zu hören. Jetzt wird es tot sein. Hoffentlich hat es nicht lange gelitten! Sicher wollte es nicht sterben.

Oma ist schon lange aufgestanden. Früher als sonst, um beim Schlachten zu helfen. Grete hat sich aber vorgenommen, sich zu verkriechen. Am liebsten würde sie den ganzen Tag im Bett liegen bleiben. Aber nachher muss sie in die Schule, dann muss sie doch aufstehen und rausgehen.

Gestern haben Hans und Franciszek schon das Schwein durch das Dorf zur Viehwaage getrieben. Grete wollte das Schwein gar nicht sehen. Obwohl sie gerne beim Wiegen dabei gewesen wäre. Das hätte sie schon interessiert, wie das gemacht wird. Schließlich ist genau vorgeschrieben, wie schwer das Schlachtschwein sein darf. Pro Person bekommt man nur eine gewisse Menge Fleisch zugeteilt. Das andere müssen auch die Bauern abgeben. Vielleicht haben sie heute aber doch ein anderes Schwein, ein schwereres, geschlachtet. Im Krieg muss man schließlich sehen, dass man genug zu essen hat. Und da betrügen viele, organisieren sich „schwarz" etwas. Ihre Mutter hat das doch auch gemacht.

Als Grete zur Schule geht, sieht sie das Schwein an Haken an der Stallwand hängen – in zwei Hälften geteilt, mitten durchgeschnitten. Eigentlich wollte Grete das nicht sehen. Aber flüchtig streift sie doch das Geschehen. Der Metzger hackt mit einem Beil an dem Fleisch herum. Was die anderen machen, kann sie so schnell nicht erkennen. Gut, dass sie jetzt in die Schule gehen kann.

Nach der Schule schleicht sich Grete in Omas Küche. Da setzt sie sich wie immer auf die Bank und stützt den Kopf auf den Tisch.

Oma öffnet die Tür einen Spalt und will sie zum Mittagessen rufen. Grete murmelt nur kurz: „Ich hab kein'n Hunger!" „Komm, alle sitzen schon am Tisch!" fordert Oma nochmals im strengen Ton zum Mitkommen auf. Schließlich essen heute alle zusammen bei Tante Annels.

In der Küche von Tante Annels haben kaum alle Platz. Der große Tisch ist wieder ausgezogen. Grete quetscht sich auf der Bank noch zwischen Agnes, Gudrun und Hans. Am Kopfende sitzt der Metzger. Grete traut sich nicht, diesen anzusehen. Irgendwie ist er ihr unheimlich. Er hat ihr zwar noch nichts Böses getan, aber sie mag ihn überhaupt nicht. Und jetzt spricht er sie auch noch an: „Grete, nachher bekommst du ein Würstchen nach Maß!" Dabei hat er einen so hämischen Unterton. Hans grinst ein bisschen und nickt mit dem Kopf. Wer weiß, was der Metzger dann vorhat. „Ihr zwei kommt auch mal in die Waschküche, dann messe ich euch auch ein Würstchen an!", sagt der Metzger nun auch zu Agnes und Gudrun. Die schauen verlegen nach unten und haben einen roten Kopf bekommen.

Tante Annels rettet sie alle drei aus der Verlegenheit und hebt ihr Schnapsglas hoch: „Jetzt wollen wir erst einmal einen auf das Wutzchen trinken! Prost!" Alle trinken das Schnäpschen mit einem Zug aus. Oma Schneider nippt aber nur ein bisschen am Schnaps, verzieht ihr Gesicht und schiebt das Gläschen noch ihrem Mann hin. Der freut sich sichtlich darüber.

Kaum haben sie die Nudelsuppe gelöffelt, bemerkt der Metzger trocken: „Auf einem Bein kann man aber nicht lange stehen!" Da schenkt Tante Annels noch eine Runde Schnaps ein und stellt nun auch Franciszek ein Gläschen voll auf sein extra Tischchen: „Einen soll er auch bekommen!" Der Metzger prostet Franciszek beiläufig zu und brabbelt hämisch leise vor sich hin: „Die Polacken werden doch auch gerne mal einen trinken." Dass der Metzger von Franciszek als Polacke so abwertend redet, macht ihn in Gretes Augen noch widerwärtiger. Hoffentlich hat das Franciszek nicht gehört! Grete freut sich jedenfalls, dass Franciszek wenigstens einen

Schnaps bekommen hat. Das Essen schmeckt Grete überhaupt nicht. Allein wie es in der Küche riecht! Alles riecht und schmeckt nach Fett. Irgendwie zuwider. So atmet Grete auf, als das Essen vorbei ist.

Gleich verzieht sie sich wieder ins Ellerhaus, in Omas Küche. „Ich mache Schulaufgaben", flüstert sie im Vorbeigehen noch schnell Oma zu. Dabei hat sie gar nicht viel auf. Das meiste konnte sie schon in der Schule erledigen. Als sie Stillarbeit machen musste, war sie mit den Aufgaben schnell fertig und da hat sie sich die Hausaufgaben schon vorgenommen.

Kaum hat sie den Rest der Aufgaben gemacht, kommt Hans zur Tür rein: „Komm! Der Metzger will dir jetzt ein Würstchen anmessen!" Bevor Grete sagen kann, dass sie kein Würstchen möchte, hat Hans die Türe schon wieder zugeschlagen.

Als Grete nicht mitkommt, ruft sie Hans gleich zum zweiten Mal, jetzt schon energischer. Ja, wenn Grete nicht mitgeht, wird sie keine Ruhe mehr haben. Aber wer weiß, was da auf sie zukommt. Sie hat ein ungutes Gefühl.

Widerwillig geht Grete in die Waschküche. Denn darin wird das Schwein verarbeitet. Die Türklinge ist ganz fettig, mit Fett beschmiert. Ekelig! Oma steht vor dem dampfenden Kessel. In der Brühe schwimmen Fleischbrocken. An einem Tisch stehen Tante und Opa Schneider und schneiden Speck in kleine Stücke. Auch eine Frau aus dem Dorf hilft noch mit – das wird eine Freundin von Tante Annels sein. Diese hat Grete jedenfalls schon mehrfach bei Tante Annels gesehen.

Und der Metzger dreht an so einer Maschine, bei der unten Würste herauskommen, beziehungsweise Därme mit Gehacktem gefüllt werden. Wie die Därme so flutschen, sich kringeln und zu Würstchen abgebunden werden! Schon hält der Metzger inne und sagt: „Gut, dass ihr drei jetzt da seid! Da kann ich euch ein Würstchen nach Maß machen." Jetzt erst merkt Grete, dass Agnes und Gudrun hinter ihr stehen. Die verstecken sich ein bisschen hinter ihr.

„Komm vor, Grete! Du bist die Große. Sei tapfer! Komm als erste!", fordert sie der Metzger auf. Grete beißt auf die Zähne und geht auf den Metzger zu. Als der Metzger nach einem Stück Darm greift, macht sie gleich die Augen zu. Von Ohr zu Ohr legt er den Darm über ihr Gesicht und zieht den blutig-schmierigen Darm zum Schluss über ihr Gesicht ab. Ein ekeliges Gefühl! Aber sie weint nicht, obwohl es ihr zum Heulen ist. Schon lässt der Metzger wieder von ihr ab und füllt den abgemessenen Darm mit der Maschine mit Gehacktem. „So, das ist dein spezielles Würstchen!" sagt er nur und reicht den Kringel Grete.

Mit Agnes und Gudrun macht er die gleiche Prozedur. Grete kann gar nicht richtig zusehen. Aber am Ende haben alle drei ein Würstchen in der Hand. So richtig stolz können sie aber darauf nicht sein. Beklommen wollen sie schnell wieder die Waschküche verlassen. An der Tür dreht sich Grete nochmals zur Oma um und hält ihr Würstchen hoch. „Leg das Würstchen in der Küche auf einen Teller. In den nächsten Tagen braten wir es!", sagt Oma und legt wieder auf das Feuer im Kessel. Tante Schneider nickt ihnen zu, ohne etwas zu sagen.

„Wollen wir ein bisschen ‚Mensch-ärgere-dich-nicht' spielen?" fragt Grete. Aber Agnes lehnt ab. Sie muss noch Schulaufgaben machen. Sie ist schließlich doch auch schon in der Schule. Da verzieht sich Grete ganz allein in Omas Küche. Mit dem Schlachten will sie nichts zu tun haben. Und als sie sich die Tafel zum Malen vornimmt, malt sie wie von selbst, ohne zu überlegen, ein Schwein – das Schwein, das sterben musste…

Das große Schlachteessen

Gegen Abend ruft Oma Grete herbei: „Grete, bringe mal der Mutter von Anneliese ein Eimerchen voll Wurstbrühe!" Oh, es ist schon ein bisschen dämmrig und da traut sich Grete eigentlich nicht mehr ins Dorf. Aber sie will die Bitte von Oma nicht ablehnen.

Im Kessel der Waschküche sieht Grete viele Blut- und Leberwürste schwimmen – die hat Oma wohl im Kessel gekocht. „Die Wurstbrühe ist zu schade zum Wegschütten, die verteile ich an die Nachbarn. Und du kannst ein Eimerchen voll der Anneliese bringen. Davon kann man doch eine gute Suppe kochen!", sagt Oma, während sie die heiße Brühe mit einem Schöpflöffel in das Eimerchen schöpft.

Vorsichtig geht Grete mit dem Eimerchen ins Dorf. Annelieses Mutter freut sich sehr über die gute Wurstbrühe. Vielleicht hat die gar kein Schwein zum Schlachten. Und dann wird sie auch keine Wurstbrühe haben…

Ja, Grete könnte doch auch noch Margret und deren Mutter von der Brühe bringen. Oma meint: „Natürlich! Gut, dass du daran denkst!" Und so geht Grete nochmals in Dorf. Als sie zurückkommt, ist gerade der Heinrich mit einem Eimerchen gekommen. Dessen Mutter kann doch bestimmt auch gut Wurstbrühe gebrauchen. Und Oma gibt ihm auch noch einen runden Kringel Bratwurst mit: „Die ist von den Würsten, die uns Tante Annels zugeteilt hat.", sagt Oma eher zur Grete als zu Heinrich. Und als Heinrich gegangen ist, kündigt Oma an: „Heute Abend ist großes Schlachteessen bei Tante Annels. Da kommen sogar noch Verwandte – das ist immer schön!" Als Grete gar nicht freudig reagiert, betont Oma noch: „Du isst doch mit!" Und das sagt sie ganz ohne Fragezeichen.

Missmutig begibt sich Grete schließlich in die Küche von Tante Annels. Oh, da sitzen ja schon viele Leute am langen Tisch – da müssen sie nicht nur den Küchentisch ausgezogen haben, sondern noch einen anderen Tisch angestellt haben. So lange hat Grete jedenfalls noch nie die Tafel gesehen. Der Metzger sitzt wieder am Kopfende, da setzt sich Grete auf die Bank weit von ihm weg. Aber er nimmt sie trotzdem gleich aufs Korn: „Grete, ich hab dir doch ein extra schönes Würstchen gemacht. Oder?" Grete merkt, dass ihr das Blut in den Kopf steigt und das ärgert sie noch mehr als die blöde Frage vom Metzger. „Hennes, lass das Kind in Ruhe!", sagt eine alte Frau im energischen Ton zu dem Metzger. Grete blickt wieder auf. Ja, das muss die Mutter von Tante Annels sein. Die hat sie jedenfalls schon gesehen, wenn sie mal zu Besuch kam. Und daneben der alte Mann in Tracht muss der Vater von Tante Annels sein. Die anderen Frauen und Männer kennt Grete nicht.

Der Metzger wehrt ab: „Ach, lass mich doch mal einen Spaß machen! Das Leben ist doch traurig genug." „Ja, ja, besonders jetzt zu unserer Zeit!" bestätigt einer kleinlaut.

Jetzt hat der Metzger Hans im Visier: „Hans, weißt du noch, wie ich dich vor Jahren ins Dorf zum Holen der Wurstpresse weggeschickt habe und du mit einem Sack voller Steine zurückkamst?!" „Ja, das ist ein altbekannter Ulk, den man gerne mit Kindern macht. Den Unfug gab es schon zu meiner Zeit", bestätigt der Vater von Tante Annels. „Aber der Spaß ist immer wieder schön und alle machen mit." „Ich finde das aber nicht schön, wenn man Kinder reinlegt", gibt die Mutter von Tante Annels zu bedenken. Aber der Metzger rechtfertigt sich: „Danach wusste der Hans, dass es keine Wurstpresse gibt. Und vielleicht hat er danach erst nachgedacht, bevor er etwas tat, auch wenn man es ihm sagte."

„So, nun lasst es euch erst mal richtig schmecken!", sagt Tante Annels und stellt noch eine Schüssel auf den Tisch. Unterdessen ist der Tisch reich gedeckt. Oma gibt Grete Sauerkraut, Kartoffelbrei und ein Stückchen Bratwurst auf den Teller – ja, das hätte sich Grete auch selbst genommen, das duftet ihr gerade so in die Nase. Außerdem sieht das gekochte Fleisch nicht so verlockend aus und das andere kennt sie gar nicht. Beim Einmachen des Sauerkrautes hatte Grete doch auch geholfen. Daran muss sie denken, als sie die erste Gabel voll in den Mund stopft. Ja, das Sauerkraut schmeckt wirklich gut. Und erst die Bratwurst! Wie lange hat sie schon keine Bratwurst mehr gegessen. Tante Schneider hat auch Agnes und Gudrun das gleiche zu essen gegeben.

Beim Essen ist es nun richtig ruhig in der Küche geworden. Keiner erzählt noch etwas. Alle genießen das gute Essen, nur ein leises Schmatzen ist zu hören. Als Grete zu Franciszek schaut, treffen sich ihre Blicke. Genüsslich zeigt er Grete seine Gabel, auf der er ein Stückchen Bratwurst aufgespießt hat. Ja, die Wurst wird auch ihm gut schmecken.

Plötzlich pocht es laut an der Tür. „Nur herein, wenn es kein Schuldsmann ist", sagt Tante Annels laut. Mit Getöse poltern nun drei lustig vermummte Gestalten herein. „Ich hab gehört, ihr habt geschlacht't und habt so gute Wurst gemacht. Gebt mir eine von den langen, die kurzen, die lasst hangen!", sagt der Anführer mit lauter Stimme und reicht Tante Annels einen Topf. Tante Annels hat wohl schon mit diesen Gestalten gerechnet und füllt ihnen von dem Essen etwas in den Topf und legt obenauf noch einen ganzen Kringel Bratwurst. Zum Dank machen die drei noch eine kleine Vorführung. Jetzt erkennt Grete erst, dass der eine wohl ein Bär sein soll und an der Kette mitgeführt wird. Jetzt hebt er die Vorderpfoten und tanzt wie ein Bär. Sorgfältig haben sie ihn extra etwas mit Stroh eingewickelt und ein bisschen angemalt. Und die anderen beiden haben eine gestrickte Mütze übers Gesicht gezogen und die Jacke linksherum angezogen. Hans wird sie trotzdem erkennen, Grete kann sich aber nicht vorstellen, wer das ist. Jedenfalls sind das ganz lustige Gestalten.

Und schon verschwinden die Vermummten wieder, der Bär auf allen Vieren, die anderen mit Gepolter hinterher. Von draußen hören sie Gelächter. Da werden noch andere auf die Gestalten warten und diese begleiten.

Schon ergreift der Metzger wieder das Wort: „Heute haben sich die Schlachtemännchen gut verkleidet. Nur den Anführer habe ich an der Stimme erkannt." „Ja, das war der Schultheiße Hansklos!" fällt ihm Hans ins Wort. „Die anderen habe ich auch nicht erkannt." „Egal, wer es war, die werden die Wurst schon mit den anderen teilen", meint Tante Annels. „Draußen haben doch die anderen Jugendlichen gewartet." „Ja, wir sind früher auch gerne als Schlachtemännchen gegangen", sagt Oma. „Dann hatten wir abends in der Spinnstube nochmals ein bisschen zu essen. Und das Verkleiden war immer lustig. Da haben wir extra die Sachen vertauscht, damit uns keiner erkennt." Grete kann sich lebhaft vorstellen, wie lustig das war. Da würde sie gerne mal mitmachen. Aber noch ist sie zu jung.

Die Schlachtemännchen haben die Stimmung beim Essen richtig aufgeheitert. Alle reden nun lustig miteinander, ja durcheinander, oft auch mit vollem Mund. Irgendwie sind alle jetzt gut gelaunt. Grete denkt, dass das bestimmt von dem Schnaps kommt, schließlich haben die Erwachsenen schon zweimal auf das Schweinchen angestoßen. Auch Hans hat schon mal einen Schnaps mitgetrunken. Und Franciszek hat auch einen bekommen.

Zwischendurch ermuntert Tante Annels immer mal: „Nun langt aber richtig zu!" „Ja, uns schmeckts!", sagt mit vollem Mund ein Mann, den Grete nicht kennt. „Am Ende geht's dir wie dem einen: Als das Schlachteessen rum war, war das Schweinchen fast aufgefressen – aufgegessen." Beim Sprechen hat sich der Mann fast verschluckt und hustet jetzt ausgiebig. Der Vater von Tante Annels meint, dass das früher tatsächlich vorgekommen sei. „Die armen Leute hatten nur ein kleines Schwein. Und wenn sie dann überhaupt mal Fleisch zu essen bekamen, dann knieten sie sich richtig rein!" „Ja, das gabs!", stimmt Oma zu. „Im Ersten Krieg war doch großer Hunger!" „Hör auf vom Krieg!", unterbricht sie der Metzger. „Den Krieg wollen wir heute Abend mal vergessen!" „Ja, du hast recht!", sagt der Mann, der sich gerade verschluckt hatte.

„Da will ich euch mal einen Witz erzählen…", sagt der Metzger und räuspert sich erst ausgiebig und macht es richtig spannend. Dann erzählt er: „Fritzchen fragt die Lehrerin in der Schule: ‚Kann man für etwas bestraft werden, das man nicht gemacht hat?' ‚Na-

türlich nicht!' antwortet die Lehrerin. Da sagt Fritzchen kleinlaut: ‚Ich habe meine Schulaufgaben nicht gemacht!' " Alle lachen heraus.

„So, das war ein Witz für euch!", sagt der Metzger noch und sieht dabei Grete, Agnes und Gudrun an. „Die anderen erzähle ich, wenn die Stube rein ist. Aber eines wollte ich euch noch sagen: Ihr könnt doch morgen mal dem Lehrer Stöcklein hinten das Sauschwänzchen anstecken." Dabei muss er selbst lachen „Das haben wir mal bei unserem Lehrer gemacht. Aber dann hats Schläge gegeben! Alle Jungen haben einen mit dem Stock auf den Hintern bekommen. Weil wir nicht verraten haben, wer das Schwänzchen dem Lehrer angesteckt hatte."

Der Vater von Tante Annels ergänzt: „Besser ist es, wenn ihr morgen dem Lehrer eine Wurst mitnehmt, dann habt ihr es gut bei ihm stehen." Oma wehrt ab: „Das hat Grete nicht nötig!"

„So, jetzt wollen wir mal den Tisch abräumen und den Nachtisch servieren.", sagt Tante Annels. Ihre Freundin, Tante Schneider und Oma helfen mit, so muss Grete nicht mehr lange auf den Nachtisch, auf das aufgekochte Dörrobst warten – das isst sie nämlich sehr gerne und Oma hatte das schon vor Tagen angekündigt.

Leider müssen die Kinder sich nun verziehen. Grete, Agnes und Gudrun gehen unwillig. Schade, dass sie schon ins Bett müssen. Dabei können Grete und Agnes morgen früh doch länger ausschlafen. Schließlich haben sie erst spät Schule. Aber Oma bleibt hart: „Jetzt ist es an der Zeit für Kinder!" Schade, denkt Grete. Es war doch so schön und es wird bestimmt noch länger schön sein. Vielleicht noch lustiger. Erst wollte sie gar nicht zum Schlachteessen gehen. Und dann war es so schön. Nur schlimm, dass ein Schwein sterben musste. Aber daran will sie jetzt nicht denken…

Tiere werden geschlachtet

Dass gestern das Schwein geschlachtet wurde, sterben musste, das beschäftigt Grete noch heute, ja heute erst richtig. Gestern hat sie sich einfach nur verkrochen. Aber ganz raushalten konnte sie sich nicht, ja ganz rausgehalten hat sie sich nicht. Sie hat sich ein Würstchen anmessen lassen und hat abends sogar ein Stück Bratwurst gegessen. Und: Sie fand das große Abendessen mit den vielen Leuten auch noch schön und lustig. Und es war doch auch so. Wenn nur kein Schwein hätte sterben müssen! Ach, irgendwie findet Grete das nicht richtig, dass Menschen Tiere töten und essen. Hat das Gott so gewollt?!

Aber auch Tiere machen andere Tiere tot und fressen sie. Grete sieht noch genau vor sich, wie im Sommer die Katze eine Maus anschleppte, und die war noch lebendig und wollte immer wieder weglaufen. Aber die Winz hat sie immer wieder eingefangen und manchmal wohl vor Freude sogar etwas in die Luft geworfen. Und dabei hat sie ihren Kätzchen gezeigt, wie man die Maus immer wieder einfängt. Das Mohrchen, das Tigerchen und das Rötchen sollten bestimmt lernen, wie man eine Maus fängt. Alle vier haben sich auf die Maus gestürzt, und die hat jämmerlich gequiekt. Grete tat die Maus so leid. Eigentlich findet Grete Mäuse immer ein bisschen abschreckend, ja hat etwas Angst vor den kleinen Tieren. Aber als das Mäuschen um sein Leben kämpfte, da hätte Grete ihm am liebsten geholfen, hätte es gerne gerettet. Aber die Kätzchen ließen das Mäuschen nicht frei, waren offensichtlich sehr stolz, dass sie eine Maus in Schach halten konnten. Aber das war auch ungerecht: Vier gegen einen, noch dazu so einen kleinen. Trotzdem entwischte das Mäuschen mal unter die Bank. Und Grete hatte noch gesagt, dass sie den Kätzchen stattdessen etwas Milch geben wollte – das weiß Grete noch genau. Aber sie ließen nicht von der Maus ab. Und quälten sie auch noch so ganz lange, bevor die Maus von der Winz schließlich tot gebissen und von allen vieren aufgefressen wurde. Grete weiß noch ganz genau, dass sie hinterher richtig traurig war und sich gefragt hat: Warum muss das so sein?! Warum töten Tiere andere Tiere? Die Füchse holen sich doch auch Hühner und andere Tiere. Ja, viele Tiere fressen andere Tiere. Das hat Gott nicht gut gemacht. Schließlich wollen doch eigentlich alle Tiere leben. Und das Leben haben sie doch von Gott geschenkt bekommen. Grete weiß nicht, wie sie sich das alles erklären soll, verstehen soll. Und sie ist richtig ratlos und aufgewühlt.

Dass Tiere andere Tiere töten, das ist ihnen angeboren, das ist ihre Natur, das wissen sie nicht besser. Und sie können doch nicht so gut denken, sich über alles Gedanken machen. Aber wir Menschen könnten doch eigentlich darüber nachdenken, ob wir Tiere essen wollen. Das müsste doch eigentlich nicht sein. Grete ist ganz aufgebracht…

Nur: Wie gut hat ihr gestern Abend das Stückchen Bratwurst geschmeckt! Und wie gut wird ihr erst später die rote Wurst schmecken, wenn diese hart geworden ist. Das war jedenfalls immer ein besonderer Leckerbissen. Rote Wurst gab es schließlich nur ganz selten mal. Aber immerhin. Und so nimmt sich Grete vor, wenn Oma wieder einmal Wurst oder Fleisch auftischt, nur ganz, ganz wenig davon zu essen und das Wenige richtig zu genießen, lange im Mund zu behalten. Aber an das Tier kann Grete dann nicht denken, sonst wird ihr die Wurst oder das Fleisch nicht mehr schmecken. So war das jedenfalls beim Gänsebraten. Und so glaubt sie das jedenfalls jetzt. Aber wer weiß, wie es dann ist, wenn Grete wieder einmal Wurst oder Fleisch zu essen bekommt. Da kann und will sie sich noch nicht festlegen. Oft kam es schließlich anders, als sie dachte, beziehungsweise wie sie es sich vorgenommen hatte.

Aber sie nimmt sich trotzdem nun wenigstens vor, nur noch ganz, ganz wenig oder überhaupt kein Fleisch und keine Wurst zu essen. Das ist jetzt ihr Vorsatz, ihr Wille. Und was man einmal erkannt und für richtig befunden hat, das sollte man auch einhalten. Sonst fühlt man sich schlecht – das sagte jedenfalls mal Mama zu ihr. Diese Worte hat Grete noch im Ohr. Ja, das leuchtet Grete ein. Ja, so will sie es machen!

Das Schwein wird verwertet

Auch die Knochen von dem Schwein sind wertvoll, denkt Grete, als sie Oma beobachtet. „Davon kann man gute Suppen kochen", meint Oma und wendet einige im Salz. „Und damit sie nicht schlecht werden und wir später auch nochmals eine Suppe kochen können, salzen wir sie stark und legen sie in einen Tontopf mit Wasser." Ja, Grete weiß, nach Weihnachten gab es voriges Jahr doch auch noch Nudelsuppe mit Knochen. Damals hat Oma die Knochen aus dem Pökeltopf geholt und erst nochmals vor dem Kochen in Wasser gelegt, weil sie sonst zu salzig gewesen wären. Daran erinnert sich Grete noch genau. Und jetzt sorgt Oma wieder vor und macht die Solperknochen, wie sie die nennt.

„Einige Knochen und etwas Fleisch kochen wir auch in Gläsern ein, dann können wir im Sommer noch etwas von dem Schwein essen", sagt Oma und holt noch einige leere Einweckgläser herbei. Oma hat schon viel eingeweckt – im Sommer zum Beispiel Bohnen und Gurken, später dann Zwetschen und vieles andere im Laufe der Zeit. Und jetzt auch das vom Schwein, was sie aufheben will.

Aber Speck, den Bauchspeck und etwas Schinkenfleisch legt sie in eine große Holzschale, Oma sagt dazu Mulde, und macht darauf ganz viel Salz. „In ein paar Wochen holen wir das dann aus dem Pökelsalz und dann wird das nochmals geräuchert", sagt Oma. Und in ganz selbstverständlichem Ton ergänzt sie noch: „Die Würste müssen auch noch geräuchert werden, damit sie sich halten."

„Das ist ganz schön viel Arbeit, wenn man später auch nochmals Wurst und Fleisch essen möchte", bringt Grete erstaunt heraus. Oma nickt nur mehrmals mit dem Kopf und lässt sich von ihrer Arbeit nicht abhalten. „Ja, von dem Schwein wird alles verwertet", meint Oma schließlich. „Es bleibt nichts übrig!"

Jetzt fällt Grete ein, dass Lehrer Stöcklein gesagt hatte, dass die Kinder die Knochen sammeln sollen und wenn er es ankündigt, dann sollen alle die Knochen mitbringen. Die würden dann von einem

Mann abgeholt und in die Knochenmühle gebracht werden, dort gemahlen und dann könnte man das Knochenmehl als Dünger auf das Land streuen.

„Ja, aber du kannst die Knochen erst mitnehmen, wenn wir sie ausgekocht und Suppe von der Brühe gemacht haben", erwidert Oma energisch. Ja, so wird das der Lehrer bestimmt auch gemeint haben, denkt Grete. Die Knochen nimmt sicher der alte Mann mit, der auch Alteisen, Lumpen und Papier einsammelt. Diesen Mann, mit einem Pony vor einem kleinen Wagen, hatte Grete doch in den letzten Weihnachtsferien im Dorf gesehen. Daran erinnert sich Grete noch genau, weil das das erste Pony war, das sie im Leben gesehen hatte. Das Pony war ganz zutraulich und sie konnte das sogar streicheln. Aber Oma hatte nur ganz wenig, was sie dem Mann mitgeben konnte. Das Papier brauchen sie doch alle für das Plumpsklo. Und da reicht es nur knapp. Grete darf jedenfalls beim Abputzen des Popos nur immer ein kleines Stückchen abreißen. Das weiß sie.

„Der Mann nimmt auch die Borsten von den geschlachteten Schweinen mit", merkt Oma schließlich noch an. „Die Borsten bekommt der Bürstenmacher, damit er damit Bürsten machen kann." „Wirklich?!", platzt Grete nur heraus. „Dann wird ja alles von dem Schwein verwertet!" „Ja, wirklich alles!", meint Oma. „Und was doch noch übrig bleibt, davon kochen wir noch Seife." „Was?!" Grete bemerkt, dass ihr der Mund offenstehen geblieben ist. „Ja! Wenn Tante Annels wieder mal in die Stadt kommt, dann bringt sie Seifenstein – der Apotheker sagt dazu auch Ätznatron – aus der Apotheke mit. Und dann wird das Schwänzchen, die Klauen und Pfötchen und schlechtere Knochen und etwas Fett mit dem Seifenstein gekocht und dann setzt sich eine Masse ab." „Oh!" bringt Grete nur staunend heraus. „Und wenn die Masse kalt und hart geworden ist, dann kann man sie in Stücke schneiden", erklärt Oma. „Dann haben wir Seife." „Das ist dann Seife?!" fragt Grete ungläubig. „Ja, damit kannst du dich dann waschen. Und die Kernseife nehmen wir auch zum Wäschewaschen", ergänzt Oma noch. Und nachdem sie tief Luft geholt hat, fügt Oma noch an: „Und den Nabel vom Schwein hängen wir für die Vögel auf – dann haben die auch noch etwas von dem Schwein."

Jetzt ist Grete sprachlos. Was soll sie dazu sagen?! Erst nach einer Weile bringt sie heraus: „Wozu ein Schwein nicht alles gut ist! Wozu das Schwein nicht alles sterben musste!"

Holz für die Schule

Als es nach den Herbstferien noch nicht so richtig kalt war, musste Grete jede Woche nur zwei Scheite Holz in die Schule mitnehmen. Jetzt muss sie schon jeden zweiten Tag ein Stück Holz mitbringen. Und wer weiß, wie viele Scheite sie mitnehmen muss, wenn es sehr kalt ist. Daran muss Grete denken, als sie zusammen mit Agnes in die Schule geht. In Kassel war das jedenfalls nicht so. Im Schwalmdorf müssen aber alle Schüler Holz mitbringen, damit der Ofen im Schulraum gefeuert werden kann.

Und diese Woche hat Grete auch noch Feuerdienst und muss immer aufpassen, dass das Feuer im Ofen nicht ausgeht. Hoffentlich vergisst sie nicht, rechtzeitig wieder Holz aufzulegen. Schließlich wäre es schlimm, wenn das Feuer ausgeht. Dann würden bestimmt alle klagen, dass sie frieren und würden sie ausschimpfen. Und Grete würde dann das Feuer wieder anmachen müssen. Und das würde sie vielleicht nicht schaffen.

Wie das gemacht wird, hatte sie zwar bei Oma schon oft gesehen. Aber selbst probiert hat sie es noch nie. Oma macht doch morgens immer das Feuer an, als Erstes sofort nach dem Aufstehen – noch im Nachthemd. Jetzt bei der Kälte verkriecht sie sich dann nochmals ins warme Bett und wartet ein bisschen, bis es in der Küche etwas warm geworden ist und das Wasser zum Waschen ein bisschen warm ist. Erst dann wäscht sie sich und zieht sich an. Und erst danach macht das auch Grete.

Eigentlich müsste Grete auch mal probieren, Feuer anzuzünden. Damit sie es kann, wenn es nötig ist. Etwas Reisig und obenauf dünne Holzspäne, dann ein dünnes Stück Holz und wenn möglich ein Stückchen Papier in das Ofenloch legen. Und dann einfach ein Streichholz anzünden und daran halten. Das dürfte doch nicht so schwer sein. Ja, morgen früh will sie als Erste aufstehen und mal das Feuer anzünden.

Hans muss in dieser Woche sogar in der Schule Feuer machen, morgens eine halbe Stunde vor Schulbeginn. Damit es schon ein bisschen warm ist, wenn die anderen in die Schule kommen. Trotzdem werden alle in der ersten Stunde noch die Jacken oder Mäntel anlassen und die Mützen noch aufhaben. Vielleicht werden sie auch noch mit Handschuhen schreiben, wenn es noch so kalt ist. Schließlich dauert es schon lange, bis das große Klassenzimmer warm ist.

Wenn die Großen dann aus der Schule kommen und Grete mit dem ersten bis vierten Schuljahr in die Schule geht, dann ist es aber schön warm im Schulsaal, jedenfalls meistens.

Und heute muss Grete dafür sorgen, dass es auch warm bleibt. Aber wenn sie zu viel auflegt, dann werden diejenigen, die nahe beim Ofen sitzen, vielleicht schwitzen. Aber das ist bestimmt immer noch besser, als ob diejenigen, die weit weg am Fenster sitzen, frieren. Aber sie darf auch kein Holz vergeuden, muss sparsam damit umgehen. Hoffentlich macht sie es richtig!

Als Grete mit Agnes bei der Schule angekommen ist, ist sie so aufgeregt, als ob sie eine Klassenarbeit schreiben. Vorsichtshalber hat sie heute mal zwei Scheit Holz noch extra mitgenommen. Für den Fall, dass sie mehr braucht. Agnes beruhigt sie: „Du wirst es bestimmt gut schaffen! Du hast doch bei Oma schon oft Holz aufs Feuer legen müssen!" Ja, das weiß Grete. Aber manchmal wusste sie doch nicht genau, ob sie ein oder zwei Stück Holz auflegen soll, damit die Kartoffeln kochen. Aber irgendwie hat es dann doch immer geklappt. „Na, siehst du!", meint Agnes. „Da wirst du es in der Schule auch richtig machen!"

Und wie gut, dass sie im Mai Oma beim Holzaufschichten geholfen hat, denkt Grete. So haben sie jetzt viel trockenes Holz, das gut brennt. Und das brauchen sie nun doch, im Haus und in der Schule. Das denkt auch Agnes. Schließlich hat auch sie etwas beim Holzaufschichten geholfen. Aber Lehrer Stöcklein hat Agnes noch nicht gesagt, dass auch sie Holz mitbringen soll. Vielleicht denkt er, dass sie kein Holz habe. Und das stimmt ja auch. Ihre Mutter muss doch froh sein, wenn sie von Tante Annels immer ein bisschen Holz bekommt. Dann können sie sich wenigstens abends ein bisschen das Zimmer heizen, das eigentlich das Schlafzimmer von Hans war und jetzt ihnen zusteht. Dann können sie sich mal darin ein bisschen zurückziehen. Tagsüber halten sie sich aber meist in der Küche von Tante Annels auf, in der wird doch sowieso Feuer gemacht.

Ja, alle gehen wirklich sorgsam und bedacht mit Holz um. Das weiß Grete und das will sie auch tun. Hoffentlich ist sie ein guter Feuermeister! Hoffentlich klappt alles!

Eine frostige Nacht weckt Erinnerungen

„Der Vollmond und die Sterne stehen so klar am Himmel", sagt Oma am Abend zu Grete und füllt die Wärmflasche mit heißem Wasser. „Heute Nacht wird es recht kalt werden, wird es schon einen ziemlich starken Frost geben." Ja, tagsüber wehte auch schon ein eisiger Wind. Das hat Grete gemerkt, als sie in die Schule ging. Und sie hatte ganz vergessen, ihren Schal, den sie im Sommer gestrickt hatte, aus dem Schrank zu holen und um den Hals und den Kopf zu wickeln. An Handschuhe hatte sie aber schon gedacht.

„Leg dir die Wärmflasche schon mal ins Bett, damit das Bett ein bisschen angewärmt wird," sagt Oma und rät: „Leg sie in die Mitte, an die Füße kannst du sie tun, wenn du ins Bett gehst. Dann kannst du noch die Füße daran wärmen." Als Grete die Tür zum Schlafzimmer aufmacht, spürt sie erst, wie kalt es im Schlafzimmer und wie wohlig warm es doch in der Küche ist. Oma meint schließlich noch: „Ich lege mir einen Backstein ins Bett. Den habe ich schon vor Stunden in den Backofen gelegt, damit er richtig warm wird." Ja, Grete hatte sich schon gewundert, was Oma wohl mit dem Stein in der Küche machen will. Offensichtlich hat Oma nur eine Wärmflasche. Man muss sich eben zu helfen wissen, denkt Grete.

„Früher haben alle Leute einen warmen Stein ins Bett gelegt. Da hatte keiner im Dorf eine Wärmflasche", meint Oma. „Und wie kalt war es manchmal!" „Oma, du hattest mir doch schon mal erzählt, dass man im Zimmer die Atemluft gesehen hat", wirft Grete ein. „Ja, wir Kinder hatten oben im Haus unser Schlafzimmer, da war kein Ofen drin, und da haben wir uns zu zweit zusammen im Bett eng aneinander gekuschelt. Ich musste ja immer mit meiner Schwester Minna in einem Bett schlafen. Im Winter waren wir froh darüber", erzählt Oma. „Und wie war das, wenn ihr mal Streit hattet?", prustet Grete lachend heraus. „Dann hat sich eben jeder in eine andere Richtung gedreht", sagt Oma in ganz selbstverständlichem Ton. „Aber meistens hatten wir abends den Streit schon wieder beigelegt."

Gut, dass Omas Schlafzimmer jetzt direkt neben der Küche liegt, denkt Grete. Als Grete in den letzten Weihnachtsferien bei Oma war, da hat Oma vor dem Schlafengehen einfach die Tür zum Schlafzimmer aufgemacht. Und da zog die Wärme von der Küche etwas ins Schlafzimmer. Aber bald ging das Feuer im Küchenherd aus und dann wurde es auch kalt. Morgens war es dann jedenfalls so eisig kalt, dass an den Fenstern Eisblumen waren, am Schlafzimmer- und Küchenfenster. Unter der warmen Federdecke konnte es Grete trotzdem ohne Zähneklappern aushalten. Die Decke zog sie aber bis über die Ohren. Nur wenn Grete in der Kälte mal aufstehen und Pippi machen musste, dann fror sie schrecklich.

Gut, dass Grete erst nach zehn Uhr in die Schule muss. Dann kann sie auch jetzt so lange im Bett bleiben, bis Oma Feuer gemacht hat und es in der Küche etwas warm ist. Ob Hans morgens schon eine warme Küche zum Waschen hat? Und all die anderen? Und wo kann sich Franciszek überhaupt waschen? Ja, Grete hat es wirklich gut.

„Wenn es die nächsten Tage noch kälter wird, dann musst du eben deine Strickjacke ins Bett anziehen", sagt Oma. „Die dicken Schafwollsocken ziehst du am besten jetzt schon an, damit du schön warme Füße hast." Daran hat Grete auch schon gedacht. Schließlich hat sie in den letzten Tagen beim Zubettgehen immer bereits lange die Füße aneinander reiben müssen, bis diese endlich warm wurden. Aber eine Mütze wird sie ins Bett noch nicht anziehen – so kalt wird es noch nicht werden. „Aber wenn man gar keine Wärme ins Zimmer lassen kann und kein wärmender Schornstein durch das Schlafzimmer geht, dann kann es nachts schon empfindlich kalt werden", meint Oma. „Ich habe mir als Kind oft ein dickes Kopftuch umgebunden, und zwar so, dass nur die Augen frei waren. Über die Nase habe ich das Tuch auch noch locker gelegt, sonst hätte es in der Nase auch noch Rauhreif gegeben – das Kissen war vom gefrorenen Atem jedenfalls manchmal sogar auch noch etwas gefroren." „Oh! Oma!" bringt Grete nur heraus. Hoffentlich wird es in diesem Winter nicht so kalt!

Hoffentlich! Was werden sonst all die Leute in Kassel machen, deren Häuser kaputt sind, und die aber noch in dem beschädigten Haus wohnen wollen und müssen. In einem Haus mit kaputten Fensterscheiben und Löchern in den Wänden und im Dach. „Ooohh!", jammert Grete laut heraus, als sie daran denkt.

Und plötzlich durchfährt sie der Gedanke: Wie und wo wird Papa schlafen können? In Russland soll es doch noch kälter sein als hier! Grete ist ganz aufgebracht bei dem Gedanken. Bestimmt hat er kein warmes Zimmer und kein warmes Bett. Wer weiß, wie er schlafen muss?! Vielleicht in einer Scheune. Vielleicht sogar in einer Schneehöhle. Dann hätte er wenigstens Schutz vor dem eisigen Wind. Grete mag sich das gar nicht vorstellen. Und doch stellt sie es sich vor…

Oma versucht, sie von dem Gedanken an Papa abzulenken: „Mama wird es bestimmt bei den kranken Soldaten etwas warm haben. Die Lazarette sind doch bestimmt ein bisschen geheizt!" Ja, das glaubt Grete auch. Die verletzten Soldaten könnten und werden doch nicht in der Kälte liegen müssen. Aber Papa! Wo wird der schlafen müssen?! „Ooohh!" presst Grete im weinerlichen Ton nochmals heraus und drückt die gefalteten Hände vor ihrem Gesicht ganz fest zusammen. Um von ihren schmerzlichen Gedanken loszukommen, beißt sie sich fest in ihre Finger. Voller Jammer lässt sie sich auf einen Stuhl fallen.

Oma legt ihre Hand auf Gretes Schulter: „Komm, wir gehen ins Bett!" Grete bleibt wie versteinert sitzen. Wie kann sie ins vorgewärmte Bett gehen, wenn Papa… Sie schluchzt auf.

Oma steht ratlos neben ihr. Was sollte Oma auch sagen?! Sie weiß doch auch, was die Soldaten durchmachen müssen.

Nach einer Weile greift Oma nach Gretes Hand und sagt schließlich mit etwas gebrochener Stimme nochmals liebevoll: „Komm, Grete!" und macht die Schlafzimmertür weit auf.

Brief von Papa

Als Grete aus der Schule kommt, sieht sie einen Feldpostbrief auf dem Küchentisch liegen. Oh! Ein Brief von Papa! Sind die Pulswärmer etwa schon angekommen? Vor Erregung reißt Grete den Feldpostbrief gleich ganz schnell ungeschickt auf. Und so muss sie die Teile erst wieder zusammenstückeln, damit sie alles gut lesen kann.

Meine liebe Grete!
Über Dein Päckchen habe ich mich sehr gefreut! Die Pulswärmer sind wunderschön. Ich habe sie gleich angezogen. Denn hier ist es schon sehr kalt. Mein Kamerad Kurt fand die Pulswärmer auch so schön und war ganz traurig, dass er keine Tochter hat, die ihm welche stricken könnte. Er ist auch aus Kassel, hat aber noch keine Frau und Kinder. Und seine Mutter kann keine stricken, weil sie bei einem Bombenangriff schwer verletzt worden ist. Wir sind richtig gute Kameraden, Freunde, und helfen uns immer gegenseitig, sorgen füreinander, sind füreinander da.

Liebe Grete! Hier liegt schon ganz hoch Schnee, so hoch, wie es in Schwalmdorf nie welchen gibt. Ich grüße dich aus Russland ganz herzlich.
Dein Papa
Grüße auch Oma von mir!

Grete liest den Brief bereits zum zweiten Mal. Und ihre Hände zittern noch immer, so aufgewühlt ist sie. Und ihr Herz schlägt zum Hals heraus.

„Oma, ich brauch noch Wolle!", platzt Grete schließlich heraus und übergibt Oma den Brief. Oma hatte ihre Brille schon geputzt und überfliegt erst einmal den Brief. Dabei bewegt sie vor Erregung etwas die Lippen. Endlich atmet sie tief durch und presst beim Ausatmen heraus: „Ja, ich hab noch Wolle. Ich kann noch viel spinnen." Tante Annels hatte ihr vor Tagen doch noch einen Armvoll Schafwolle gebracht und gefragt: „Kannst du mir die Wolle noch spinnen? Ich muss doch noch so viel stricken." Und beim Rausgehen hatte Tante Annels noch gesagt: „Einen Teil davon kannst du für dich spinnen – du willst doch auch noch stricken!" Da horchte Grete auf. Hat sich Tante Annels verändert?! Will sie Oma etwas für ihre Spinnarbeit geben? Aber davon, dass Grete auch noch stricken will, davon hat sie nichts gesagt. Aber immerhin will sie nun Oma für ihre Arbeit etwas geben, etwas mehr Wolle als geschrieben steht. Vielleicht hat Tante Annels doch mal so über alles ein bisschen nachgedacht. Dass sie doch eigentlich froh und dankbar sein muss, dass ihr Oma Wolle spinnt. Sie kann das schließlich nicht.

Grete könnte jedenfalls nun Oma vor Freude umarmen. Schließlich will Grete für Papa noch dicke Strümpfe und für seinen Kameraden Kurt noch Pulswärmer stricken. Und das muss sie bald machen. Das soll doch noch in das Weihnachtspäckchen für Papa. Ja, Oma hatte sich schon gedacht, dass Grete für den Kameraden auch Pulswärmer stricken will. „Und ich könnte doch für ihn auch noch Ohrenschützer stricken, die braucht er doch bestimmt auch", meint Oma. Ja, was will Oma noch alles stricken! Ohrenschützer doch auch für Onkel Hannjerr, und für den doch auch noch Strümpfe. Und wer weiß, was sie noch alles für Mama stricken will. Und sie muss doch erst auch noch mehr Wolle spinnen. Da heißt es sich beeilen.

Grete muss sich aber auch ranhalten. Für Mama könnte sie doch auch noch einen dicken Schal stricken. Den könnte die bestimmt gut gebrauchen. Aber wenn Grete das alles nicht schafft, dann könnte sie Mama doch erst einmal den Schal schicken, den sie im Sommer als Erstes für sich gestrickt hatte. Und könnte dann nach Weihnachten wieder einen neuen für sich stricken.

Voller Eifer weiß Grete gar nicht, womit sie anfangen soll. „Am besten", meint Oma, „strickst du zuerst die Pulswärmer für Papas Kameraden Kurt – das geht dir jetzt doch leicht von der Hand." Ja, das denkt Grete auch. Schließlich hat sie doch gerade erst welche für Papa gestrickt. Mit den Strümpfen für Papa wird sie bestimmt Probleme haben. Das wird nicht so leicht gehen. Vielleicht wird sie dann immer wieder mal ein Stück auftrennen müssen. Wer weiß! Aber die Martlies in der Strickstunde und Oma werden ihr dann weiterhelfen können. Und so wird sie es schaffen. Ja, sie will es unbedingt schaffen. Papa soll doch auf seine Tochter stolz sein können. Ja, das soll er!

Basteln der Weihnachtskette

Heute hat Oma mit Tante Annels wieder einmal Brot gebacken. Und so gibt es heute auch wieder den leckeren Brotkuchen. Und von dem Brotkuchen hat Oma heute mehr als sonst gebacken. Denn Oma sagte schon vorgestern, dass Grete doch mal die anderen Kinder aus Kassel, die nach dem Bombenangriff in ihre Klasse gekommen seien, einladen könne…

Und so werden heute Nachmittag Margret, Klaus und sein kleiner Bruder Jürgen eintreffen. Und Agnes und Gudrun wollen dann natürlich auch kommen. Schließlich ist Agnes eine Klassenkameradin von Jürgen. Ja, die sind doch beide im 1. Schuljahr und sitzen bei der Tischgruppe nicht weit voneinander.

Hoffentlich haben alle Platz in Omas kleiner Küche, denkt Grete und zählt mit dem Finger nochmals die Sitzplätze um den Tisch – vier Stühle und die Bank… Wenn sich Oma auf das Sofa verzieht, dann brauchen nur zwei auf der Bank zu sitzen, und die haben doch darauf gut Platz.

Oma legt eine Handvoll Roggenstroh auf den Tisch und sagt: „Schneidet die Halme in kleine Stücke, in so ungefähr zwei Finger breite Stücke." Heute wollen sie doch zusammen eine Kette aus Stroh und Buntpapier basteln. Und mit der langen bunten Kette wollen sie dann an Weihnachten den Tannenbaum schmücken. Oma hat jedenfalls schon vor Tagen gesagt, dass sie dieses Jahr einen kleinen Weihnachtsbaum aufstellen will. Hans soll ihr den aus dem Wald holen. Sie haben nämlich einen eigenen Wald. Und Oma hat immer dabei geholfen, kleine neue Bäume zu pflanzen. Ja, Oma hat auch erzählt, wie sie im Pflanzwald dann das Unkraut um die kleinen Setzlinge weggehackt haben, damit die kleinen Bäumchen gut wachsen können.

Die Tanne, die Hans für sie im Wald holen soll, wird bestimmt nur ein paar Jahre alt sein. Denn Oma meinte, dass er nur eine kleine Tanne für sie abschlagen soll. Aber einen Tannenbaum will Oma auf alle Fälle in diesem Jahr aufstellen – weil Grete nun da ist, so hat Oma jedenfalls gesagt.

„Das Buntpapier müsst ihr in kleine Stücke schneiden – ich habe nur einen Bogen", sagt Oma und legt das Blatt auf den Tisch. „Und wir haben nur eine Schere, dann müsst ihr euch mit dem Schneiden abwechseln." Aber Agnes könnte doch noch die Schere von Tante Annels mitbringen, dann könnten wenigstens immer zwei schneiden. Ja, darum will Grete schnell Tante Annels noch bitten.

„Einer von euch muss die Stücke mit einer Nadel auf einen langen Faden auffädeln", meint Oma, „abwechselnd durch ein Stück Stroh stechen, dann wieder ein Stückchen Buntpapier auffädeln, dann wieder durch das Stroh stechen und so weiter." Und beiläufig ergänzt Oma noch: „Das machst am besten du! Das ist die schwierigste Arbeit!" Ja, aber Margret kann das bestimmt auch, denkt Grete. Da wird sie sich eben beim Auffädeln mit Margret abwechseln. Und sie könnten doch immer wieder auch die Strohstücke mal quer auffädeln – abwechselnd längs durch das Stroh, dann quer durch ein Stück Stroh, dann wieder längs durch das Stroh und dann erst durch das Buntpapier stechen. Dann benötigen sie nicht so viel Buntpapier und könnten eine lange Schmuckkette machen. Und sie könnten doch auch noch kleine rote Äpfelchen an das Bäumchen hängen. Dann sieht es bestimmt noch schöner aus. Dieser Gedanke kommt Grete ganz unvermittelt. Oma ist einverstanden.

Aber jetzt will Grete erst einmal schnell zu Tante Annels laufen, damit Agnes noch eine Schere mitbringen kann. „Und ich will jetzt schon mal den Brotkuchen nochmals in den Backofen vom Herd stellen", sagt Oma, als Grete schon auf die Türe zugeht. „Warm schmeckt der doch am besten." „Ja, das stimmt", sagt Grete noch flüchtig. „Und die anderen werden doch bestimmt gleich kommen."

Oma und Grete halten ein Dämmerstündchen

Als es etwas dunkel geworden war, sind alle Kinder wieder nach Hause gegangen. Ja, Grete erschrak über sich selbst, als sie so unbedacht frug: „Wollt ihr schon nach Hause?!" Margret, Klaus und Jürgen können doch gar nicht nach Hause gehen. Ihr Haus in Kassel ist doch kaputt. Jetzt wohnen sie doch schon seit ein paar Wochen bei Leuten in Schwalmdorf. Bestimmt in einem Zimmer, so wie Agnes und Gudrun mit ihrer Mutter und Oma und Opa. Bestimmt müssen Klaus und Jürgen auch in einem Bett zusammen schlafen. Und wer weiß, mit wem Margret zusammen schlafen muss?! Die hat doch noch große Geschwister, die mit Hans in die Schule gehen.

Oh! Wie gut hat sie es doch, denkt Grete und setzt sich zu Oma aufs Sofa. Auf dem Sofa hat Oma schon den ganzen Nachmittag gesessen und wieder fleißig gesponnen. Wenn das Spinnrad so gleichmäßig surrt, das findet Grete immer ein bisschen einlullend und heimelig. Und das macht ihr ein ganz gutes Gefühl.

Und da es jetzt so früh dunkel wird, hält Oma gerne ein Dämmerstündchen und macht das Licht noch nicht an. Spinnen kann sie auch im Dunkeln, das hat sie im Gefühl. Ob Grete auch bei Dämmerlicht stricken kann?! Bei den Pulswärmern müsste das gehen, sie will es zumindest versuchen. Und so holt sie ihr Strickzeug herbei.

„Oma, habt ihr früher auch solche Weihnachtsbaumketten gemacht?", durchbricht Grete die Stille, beziehungsweise das leise Surren des Spinnrades. „Ja, wir hatten schon einen Weihnachtsbaum und da haben wir Fünf – wir waren doch fünf Geschwister, das weißt du doch, ich habe dir doch schon ein Foto von uns gezeigt – ganz lange Ketten gemacht und dann am Heiligen Abend über den Baum gehängt." Oma erzählt das, ohne beim Spinnen einzuhalten. Sie tritt dabei ganz gleichmäßig weiter und lässt sich durch das Sprechen nicht aus dem Takt bringen. „Aber damals hatten nur ganz wenige Familien schon einen Weihnachtsbaum", fährt

Oma fort. „Die Ärmeren konnten sich keinen Baum leisten. Und da haben wir an Weihnachten mal ärmere Kinder zu uns eingeladen, die Kerzen angezündet, und dann haben wir zusammen Weihnachtslieder gesungen." „Oh, wie schön!", platzt Grete heraus. Und unversehens kommt ihr der Gedanke: „Können wir das auch machen? Kann ich Margret und die anderen einladen? Das war doch heute schon so schön!"

Oma lässt sich nicht erst bitten. „Ja, das machen wir!", sagt Oma ohne Zögern. „Dann bereite ich Bratäpfel. Wir haben doch noch Äpfel. Und Nüsse haben wir doch auch noch."

Grete legt das Strickzeug aus der Hand und umarmt Oma. Das wird bestimmt sehr schön. Und dazu wird sie auch noch Hilde und Anneliese einladen. Die singen doch auch gern. „Alle Jahre wieder" und „Oh Tannenbaum" werden sie wohl vor dem Bäumchen als Erstes anstimmen. Und dann all die anderen Lieder. Und einige werden sie bis dahin doch auch noch in der Schule neu gelernt haben. Da werden sie viele singen können.

Und dass Agnes und Gudrun auch dazukommen, das ist doch selbstverständlich. Dann wird es in Omas kleiner Küche eng werden… Aber auf der Bank kann man ja zusammenrücken. Wenn dann das Bäumchen mit der selbst gebastelten Kette und den Äpfeln geschmückt ist und die Kerzen brennen… – das wird bestimmt wunderschön! Grete hat das alles schon vor Augen.

Und am Heiligen Abend kann sie doch auch noch ein Körbchen unter das Bäumchen stellen… Wer weiß, was das Christkind dann über Nacht ins Körbchen legen wird?! Ob sie wie Oma als Kind vom Christkind Äpfel und Nüsse bekommt? Oder vielleicht auch noch etwas anderes? Wer weiß?! Jetzt kann Grete kaum abwarten, bis es endlich Weihnachten ist.

Oma und Grete backen Plätzchen

Seit Wochen streicht Grete die Butter nur noch ganz dünn aufs Brot. Und Rührreier macht Oma auch nicht mehr. Oma hatte nämlich gesagt, dass Butter und Eier gespart werden müssten, damit sie Weihnachtsplätzchen backen könnten. Und das wollte Grete doch. Dass es an Weihnachten Plätzchen gab, darauf freute sich Grete jedenfalls immer schon lange vorher. Wie gerne hätte sie aber auch schon vorher mal einige genascht. Aber Mama hatte die Plätzchen ganz gut versteckt. „Die gibt es erst Weihnachten!", hatte sie immer wieder gesagt, wenn Grete bettelte. „Vorfreude ist doch auch schon eine Freude." Das hat Grete noch im Ohr.

Oh, Mama! Ob sie jetzt in Russland auch welche backen kann bei all der Arbeit mit den kranken Soldaten? Und ob sie genug Butter, Mehl, Zucker und Eier hätte? Wer weiß! Aber wie würden sich die verletzten Soldaten freuen, wenn sie Weihnachten Plätzchen zu essen bekämen. Hoffentlich bekommen wenigstens alle von zu Hause welche geschickt!

Grete möchte jedenfalls Mama und Papa unbedingt welche schicken. Gut, dass Oma schon so gut vorgesorgt hat und sie viele backen können.

Endlich ist der Tag gekommen, an dem sie sich das Plätzchenbacken vorgenommen haben. Oma hat morgens schon den Teig gemacht und nach dem Mittagessen sollen nun die Plätzchen ausgestochen werden. Das soll Grete tun. Ja, das möchte sie gerne tun. Schließlich hat sie das auch schon bei Mama immer gemacht. Und vor allem: Dann kann sie Mama und Papa schreiben, dass sie beim Backen geholfen hat. Dann wären die Plätzchen auch ein bisschen ein Geschenk von ihr.

Als Oma den Teig breit auf dem Küchentisch ausgerollt hat, kann Grete nun die Sterne und Herzchen ausstechen, und das macht sie mit großer Sorgfalt und Freude. Allein schon der Gedanke, dass sie einige Plätzchen Mama und Papa schicken kann, beflügelt sie.

Oma bestreicht die Plätzchen mit Eigelb, legt sie auf ein Blech und schiebt das in den Backofen des Herdes. Und sie legt noch etwas Holz auf das Feuer, damit die Plätzchen schön backen. So ist es wohlig warm in der Küche und bald durchdringt der Duft der Plätzchen die Luft. Wie schön! Wie heimelig! Und ein bisschen kommt bei ihr schon Vorfreude auf Weihnachten auf.

Weihnachten rückt näher

Seit Tagen ist Grete etwas in Aufregung. Bald ist doch Weihnachten. Der Heiligabend rückt immer näher. Und sie müssen doch rechtzeitig die Päckchen an Mama und Papa abschicken. Die dürfen nicht zu spät ankommen. Und Grete will Papa und Mama, beiden, einen ganz langen Brief schreiben, einen längeren als sie diesen auf einen Feldpostbrief schreiben könnte.

Die Sachen, die sie in die Päckchen packen wollen, haben sie nun beisammen. Oma und Grete haben sich wirklich rangehalten. Obwohl es in den letzten Tagen geschneit hatte, ist Grete nicht mit den anderen zum Schlittenfahren gegangen.

Oma hat bei der Kaufmannsfrau schon zwei leere Kartons besorgt. Nun legen sie erst einmal alles, was sie schicken wollen, auf separate Häufchen. Für Mama tut Grete ihren Schal dazu, den sie im Sommer für sich selbst gestrickt hatte und nun aber Mama schicken will. Oma legt dazu für Mama ein Paar Fingerhandschuhe – die hat sie gerade noch rechtzeitig fertig bekommen. Und die waren doch ganz schön schwer zu stricken. Und eine Wurst vom Schlachten legt Oma auch noch dazu. Mama hat doch die rote Wurst immer besonders gern gegessen. „Mit den Walnüssen und den Haselnüssen füllen wir die Lücken auf", meint Oma und stellt den Korb mit Nüssen auf den Tisch. Wie gut, dass sie einen großen Walnussbaum im Garten haben. Und im Oktober hat Grete geholfen, die Walnüsse aufzulesen und zu trocknen. Erst hat Oma diese auf dem gepflasterten Hof ein paar Tage in die Sonne gelegt und dann später in einem Korb in der warmen Küche hingestellt. Und dabei mussten sie immer mal durchgemengt werden, damit auch die mitten drin gelagerten von allen Seiten trockneten.

Und die Haselnüsse haben Oma und Grete im Oktober von Sträuchern in der Hohle gepflückt. So können sie nun insbesondere Mama viele Nüsse schicken, Nüsse aus der Heimat. Die wird sie bestimmt besonders zu schätzen wissen. Aber über den Schal von Grete wird sich Mama sicherlich auch sehr freuen, vielleicht am meisten. Und vielleicht ist sie dann ein bisschen stolz, dass ihre Tochter schon so schön stricken kann. Bestimmt! Papa war jedenfalls ganz stolz, dass seine Tochter schon Pulswärmer stricken kann. Und wie traurig war sein Kamerad Kurt, dass er keine Tochter hat, die für ihn stricken kann. Aber Grete hat für ihn nun ja auch Pulswärmer und Oma auch Ohrenschützer gestrickt. Dann kann er sich am Heiligen Abend auch ein bisschen freuen.

Bevor Grete die Strümpfe, die sie für Papa gestrickt hatte, auf seinen Stapel legt, sieht sie sich diese nochmals genau an. „Die sind wirklich schon sehr schön geworden!", sagt Oma, als sie sieht, dass Grete die Strümpfe nochmals auseinander rollt und begutachtet. „Fast so gut gestrickt wie die, die ich gestrickt habe." Dabei hält Oma nochmals die Strümpfe, die sie für Onkel Hannjerr gestrickt hat, daneben. „Aber die Maschen an der Ferse sind noch ein bisschen knuddelig", meint Grete. „Aber Papa wird die Strümpfe trotzdem anziehen können!", sagt Oma in ganz selbstverständlichem Ton. „Ja, wie besonders gern wird er sie anziehen, die Strümpfe von seiner Tochter."

In so dicken Schaflwollstrümpfen wird Papa bestimmt warme Füße haben. Das ist doch ganz wichtig bei der Kälte, wenn er bei Eis und Schnee draußen sein muss. Vielleicht schickt ihm Oma Maria auch noch ein Paar. Und vielleicht auch noch ein Paar dicke Wollhandschuhe. Hoffentlich! Und hoffentlich hat Papa auch hohe warme Stiefel, sonst nützen die dicken Strümpfe auch nicht viel.

Schon haben sie drei Häufchen auf dem Tisch zusammengelegt. Alles, was sie für Mama, Papa und Onkel Hannjerr verpacken wollen, beziehungsweise was Tante Annels noch mit in den Karton für Onkel Hannjerr packen soll. Und für die Plätzchen muss doch auch noch Platz sein! Und an die Pulswärmer und Ohrenschützer für Papas Kamerad Kurt muss Grete noch ein extra Zettelchen anheften. Sonst weiß Papa gar nicht, dass die Pulswärmer und die Ohrenschützer für den Kurt sind. Als sie alles mal zur Probe gepackt haben, ist Grete richtig froh, dass sie alles noch hinbekommen haben. Und in Gedanken sieht sie schon vor sich, wie alle das Weihnachtspäckchen auspacken. Vielleicht kommen die Päckchen aber schon einen Tag früher an. Deshalb will sie außen ganz groß darauf schreiben: „Am Heiligabend öffnen!"

Grete schreibt ihre Weihnachtsbriefe

Ja, in die Päckchen kann und will Grete auch noch ganz lange Briefe legen. Und sie will wieder den gleichen Brief zweimal schreiben. Als Zeichen, dass sie verbunden sind und dass sie Mama und Papa gleich lieb hat. So wie sie es im Sommer schon einmal gemacht hat. Das fand sie gut, eine gute Idee. Schon schreibt sie aus sich heraus:

> Liebe Mama, lieber Papa!
> In Gedanken bin ich schon bei Euch in Rußland. Ich sehe vor mir, wie Du, liebe Mama, mit den Verletzten im Lazarett zusammen Weihnachten feierst. Bestimmt werden dann viele Kranke weinen, daß sie am Heiligen Abend nicht bei ihren Lieben zu Hause sein können. Und vielleicht sogar nie mehr zu ihrer Mutter oder zu ihrer Frau und zu ihren Kindern zurückkommen werden, weil sie so schwer verletzt sind.
> Und ich stelle mir vor, wie Du, lieber Papa, vielleicht in einer Scheune oder Schneehöhle Schutz gesucht hast und dort mit deinen Kameraden zusammenkauerst. Heute Nacht habe ich aber geträumt, daß Du am Heiligen Abend in einem Haus bei einer russischen Familie warst und

den Kindern von Deinen Plätzchen abgegeben hast. Und dann habt Ihr in der stillen Nacht die Engel verkünden hören: „Frieden auf Erden!" Ach, wenn das doch nicht nur ein Traum wäre! Wenn doch nur die Engel wie bei der Geburt Jesu nochmals verkünden würden: „Ehre sei Gott in der Höhe und Frieden auf Erden und den Menschen ein Wohlgefallen!" ... und wenn doch alle Menschen auf die Engel hören würden! Wie schön wäre das!

Oma und ich werden am Heiligen Abend jedenfalls ganz fest an Euch denken. Wenn Ihr auch viel an uns denkt, dann können wir beieinander sein, zusammen sein in der Heiligen Nacht.

Ich wünsche mir so sehr, daß Euch Engel beschützen mögen!
Ich habe Euch ganz lieb!
Eure Grete

Zur Autorin

- *1947 als Tochter eines Landwirts in 36166 Haunetal-Wehrda, Landkreis Hersfeld-Rotenburg (Hessen), geboren*
- *Lehramtsausbildung für Musik, Kunsterziehung und evangelische Religion*
- *Lehrtätigkeit an Grundschulen*
- *Seit 1975 wohnhaft in 36275 Kirchheim-Gershausen*

Brunhilde Miehe hat bereits zahlreiche volkskundliche Sachbücher und Dokumentarfilme publiziert – „Grete in der Schwalm" ist nun ihre erste Erzählungsreihe.

Folgende Sachbücher und Dokumentarfilme zeigen den Hintergrund zu dieser Publikation auf:

- *Der Tracht treu geblieben Bd. 3 – Studien zum regionalen Kleidungsverhalten in der Schwalm. Kirchheim 2004.*
- *Volksleben in der Schwalm – Bräuche, Kleidungsverhalten, Arbeitsleben, Kunstfertigkeiten. Kirchheim 2012.*
- *Der Tracht treu geblieben – Frauenleben in der Schwalm (DVD)*
- *Handwerk und Volkskunst in der Schwalm (DVD)*
- *Die Schwälmer Tracht – Tradition und Folklore (DVD)*

Info: www. trachten-publikationen.de

Zur Künstlerin

Foto: Thomas Lohnes

INK Sonntag-Ramirez Ponce ist mehrfach international und national ausgezeichnete freischaffende Künstlerin und lebt und arbeitet im hessischen Spessart und in Andalusien/Spanien. Ihre Kunstprojekte verbinden Menschen von New York bis Manila.

- *Einzel- und Gemeinschaftsausstellungen in Deutschland, Frankreich, Niederlande, Österreich, Schweiz, Spanien – u.a. in Berlin, Bern, Bonn, Frankfurt/M, Karlsruhe, Kassel, Madrid, München, Wien*
- *u.a. ART Madrid, ART Karlsruhe*
- *u.a. Bundesministerium für wirtschaftliche Zusammenarbeit und Entwicklung, in Berlin und Bonn*
- *Arbeiten in öffentlichen und privaten Sammlungen im In- und Ausland*
- *Jurymitglied des Kulturpreises des Main-Kinzig-Kreises seit 2016*
- *Jurymitglied des spanischen Kunstpreises Concurso pintura directa 2017*

Mehr Informationen zu INK Sonntag-Ramirez Ponce finden Sie im Internet unter anderem hier:

www.ink-malerei.de